衣食亦有禅

王祥夫 ◎ 著

自画像

雨岩兄：

梅瓶北方稱之為經瓶匪子瓶者

甫達一代之酒瓶也

宵見五十九針瓶

延見某工匠瓶後刻字

當地之梅瓶皆後來之瀉罐

也此物非國寶○

坊間中販極多切勿算話

尤是明窯

萍年

大吉

枇杷蜻蜓

丝瓜小蜂

西望江摩
只三零便
有诗意
豪境

此山

稻谷水元

勤氏娘子

蚱蜢

砚蛾图

棕榈麻雀

一树

一蛙鸣堂

花径不曾缘客扫

繁华落尽始逢君

目　录

胡同时光 / 001
玻璃 / 004
玻璃乐器 / 008
爬格子 / 011
案头 / 014
香与生活 / 018
民间香道 / 021
沉香的记忆 / 024
眼镜的事 / 027
关于伞 / 030
竹夫人 / 033
关于骆驼 / 036
八十年代的书店 / 039
看报纸 / 042

民间告示 / 046
随身口琴 / 049
手风琴与吉他 / 052
榴莲记 / 058
青梅煮酒 / 061
闲话瓜子 / 064
煮雪烹茶 / 067
德合堂杏子酒 / 070
说虾 / 074
吃烧鸡 / 077
吃肥肠 / 080
大筋 / 082
说大酱 / 085
夏天的味道 / 088

转市场 / 090

黄瓜酱油 / 093

绍兴酒 / 096

茄盒儿 / 099

三坊麻糖 / 102

芫荽鱼 / 105

说三叶 / 107

苦瓜生蚝 / 110

晋北饭食记 / 112

味道端午 / 115

先生姓朱 / 118

城墙植物 / 122

最完美的植物 / 125

再说竹子 / 128

1958年的麻雀 / 131

荷花记 / 134

草虫 / 137

纸上的房间 / 140

读画说大小 / 143

《腊梅山禽图》的细节 / 146

大觉寺的玉兰 / 149

傅抱石先生 / 152

金农的梅花与字 / 155

且说陈老莲 / 158

台静农的梅花 / 161

乡村画匠 / 165

说八大山人 / 169

访徐渭故居 / 172

谁知道周瘦鹃的心情 / 175

毕竟是1951年 / 178

从画说到肥皂 / 181

何时与先生一起看山 / 185

宽堂冯先生 / 192

红湘妃 / 195

乐为纸奴 / 198

宝贝字典 / 201

夏日的蝉 / 205

庙宇与学校 / 208

民歌 / 211

关于闲章 / 214

启老一瞥 / 217

本色 / 220

胡同时光

里弄、胡同、巷子,这三者其实都一个意思。

在北方,没有叫"里弄"的,大多叫巷子,这个巷,那个巷。陆游的"小楼一夜听春雨,深巷明朝卖杏花",可见宋时已经在叫巷了,或可能更早。胡同、巷子、里弄一般都交错在居民区,但也有把商店开在很窄的胡同里边的,但那些店一定也大不了,是小店,或买卖文具纸张,或买卖火柴蜡烛,更多的是买卖粮食,所以有"粮食胡同"。叫这个名字的胡同好像是各地都有,北京有,别处也有,还有就是"四眼井"这个胡同的名字,北京有,别处也不少。若考证起来,相信一定有意思。一条胡同里有四眼井?这比较少见,一般的情况是有一眼就足够了,除非大宅院非要坚持自己打井,如一条胡同里有十来户大人家,而且都要各自打井,一条胡同有十来口井,也不是没有这种可能。

"粮食胡同"一定与卖粮有关,卖粮就得有粮店,粮店的样子现在许多人都不大清楚了,一进门,首先是粮柜,粮食都在木制的粮柜里放着，玉米面，一个柜；白面，一个柜；大米，一个柜；高粱面，又一个柜；小米，当然也要一个柜。当年还供应豆类，每人每月一两斤，多不了，黑豆、小豆、梅豆或绿豆，随你喜欢买哪种，豆子又得要一个柜。柜子后边就是面袋，都码得很高，直顶到房梁。白面码白面的，玉米面码玉米面的，大米码大米的，还有挂面，也一摞一摞码在那里。起码直到二十世纪八十年代末，所有的家庭要吃饭就得去粮店买粮，家里要备有许多种面袋，放白面的，放大米的，放小米的，放玉米面的，放豆面的，大袋儿小袋儿各有各的用，也一定不能乱。我家有一个竹制的小孩儿车，当年母亲就经常推着它去买粮，一袋又一袋，买多少，哪一袋放什么粮哪一袋放什么豆子都不会出错。当时每月供应多少白面大米或粗粮都是有规定的，买白面的时候，你可以买挂面，买了挂面你就别想再买白面，就供应那么多。但你这个月没全部买完，粮店的人会给你存起来，想买的时候再买。粮店内部最特殊的景致应该是那几个从房顶吊下来的铁皮大漏斗，你把空面袋对着铁皮漏斗撑好了，负责称粮的就会把粮食从铁皮大漏斗给你倒在粮食口袋里。放粮食的木柜子到了晚上要打印子，一块大方木板，上边刻着字，要在面柜的面上一个挨着一个地打印子，这样一来，值夜的人就没法子打面柜子里粮食的念头，你要是去偷面，那面上的印子一乱，马上就会被发现。那块打印子的板子一定是要锁在一个地方，一般人拿不到手。究竟谁在保管那个印模子，不得而知。粮店还卖一种粮，就是土粮，是从粮店地上扫出来的粮食，里边也许什么都会有，白面、玉米面、小米、大米什么的，这种粮食也不是一般人都能买到的，必须是熟人。土粮买回去做什么，虽然被踩来踩去，但买回去还是一个字，吃！

有一年，我们胡同的粮店忽然运来了大批的玉米，是那种整玉米粒，运来，也不进店，都码在胡同外边的路边，一条路的两边都码满了，从西门外一直码到了火车站。第二天，粮食部门的人来了，把一麻袋一麻袋的玉米粒都直接倒在了水泥路面上，人们这才知道是要在道上晒玉米。这一晒就晒了好长时间，下雨的时候就有人出来把玉米再堆起来，天晴了再摊开，至今人们也不明白那是在做什么？那些玉米后来是不是又都给磨成面供应给了人们？或者是千里迢迢地去支援了非洲，但起码有一点是，不会去支援了美国。

许多胡同现在都消失了，许多胡同的名字到现在只是记忆中的事。但也有有心人，在废墟样的拆迁工地上到处跑，到处拍照，到处收集胡同牌子。朋友给我看他收藏的胡同牌子，让我眼前一亮的是"粮食胡同"这块牌，蓝地白字，洋铁皮搪瓷，亮闪闪的，一点儿都没有生锈，想必当年挂在胡同口该是多么的醒目，现在却只有被收藏在私人家里，这真是让人怀念，让人多少还有那么点伤感。虽然我们现在吃粮方便多了，不用排队，不用拿粮本儿，不用再找人买从粮店地上扫起来的土粮。日子像是好了，但我们的心情为什么却总是不那么舒坦？为什么我们不舒坦？为什么我们总是还要怀念？这也许也是一种动力？

这当然也是一种动力！

玻璃

　　紫砂器不单只是宜兴有，但说到紫砂就离不开宜兴。

　　到了宜兴，可以说是遍地紫砂，有人想买紫砂壶，但转了一天都没有收获，再转一天，还是没有收获，因为紫砂太多，让他看花了眼。我喝茶不怎么用紫砂，朋友送的几把壶平时都摆在那里，有时候也会用来冲一壶随便什么茶，也就那么随便喝喝。紫砂壶要长久地用才会精神焕发，总不用，放在那里，会渐渐失去神采。紫砂花盆种花不错，但紫砂不宜做餐具，用紫砂汽锅做汽锅鸡，鸡好吃，锅可不好看，油头油脸。印象中，云南昆明的汽锅鸡最好，为什么？不知道。鸡小且嫩，香气扑鼻。要二两酒，把鸡先吃完，再来一碗白米饭打发鸡汤，鸡汤最好再热一下，放些整片整片的薄荷叶子在里边，味道很是特殊。好像是，在云南昆明，吃什么都要放些薄荷，要不，真不知道那么多的薄荷怎么打发？

　　说到喝茶，我以为还是以玻璃器为好。无论红茶绿茶，只要一泡在玻璃杯里，茶的颜色便会格外焕发。玻璃是从国外传来，据说是威尼斯人首先发明，一两千年前或更早，在中国，玻璃器贵比黄金。常见的汉代"蜻蜓眼"珠子，入土既久，一旦出土，珠光宝气光怪陆离真是有说不出的好看。说到"陆离"二字，其实就是"琉璃"。少时读屈原《离骚》，其中有这样的句子，"高余冠之岌岌兮，长余佩之陆离"，当时还不懂"陆离"是什么意思。收藏界习惯把不透明的玻璃叫"琉璃"，透明的玻璃叫"玻璃"。南北朝时期的玻璃器大多都是舶来品，到了唐代大概还是如此，但要是看法门寺出土的那具微绿玻璃托盏，我想那应该是我们本土所产，《东京梦华录》里有记载酒肆盛酒用玻璃器，可见玻璃器在宋代的普及程度，但玻璃器终不如瓷器结实，磕磕碰碰，动辄碎裂。吾乡大同曾出土北魏时期的波斯玻璃碗，学术界多以为当时是用来饮茶的，南北朝时期饮茶之风虽已大开，但我却以为用这样的玻璃器做茶具不大可能，因为其遇热容易裂罍。

日本作家川端康成的散文《美的存在与发现》，写到了玻璃器："成排玻璃杯摆在那里，恍如一队整装待发的阵列，玻璃杯都是倒扣，就是说杯底朝天，有的叠扣了两三层，大大小小，杯靠杯地并成一堆结晶体，晨光下耀眼夺目的，不是玻璃杯的整体，而是倒扣着的玻璃杯圆底的边缘，犹如钻石在闪出白光，闪烁着星星点点的光，一排排玻璃杯亮晶晶的，造成一排排美丽的点点星光。"玻璃器的好处就是可以有晶莹的闪光。我喜欢在家里比较暗的地方放一个很大的玻璃瓶，让它把光线折射出来。

为了喝茶，我经常是见到玻璃杯就买，但杯口儿一定要大一些才好。"明前"和"雨前"最好用玻璃杯冲泡,喝茶不但要享受春茶的味,更重要的是享受春茶的颜色,那种无比娇嫩的颜色,除了春茶不会再有的颜色。如用紫砂壶冲泡不会有这种效果,也很少有人用紫砂壶冲泡"明前"和"雨前",如用瓷杯冲这样的春茶,白色的瓷杯和黑色的瓷杯都不会有玻璃杯那样的效果。人类的生活其实就是一个一直在那里追寻美的过程,所以,喝茶既要用嘴又要用眼睛。

以玻璃杯冲茶其实是极大众化的,放茶倒水而已,我主张,几乎是所有的"明前"和"雨前"都要后投,先把水倒上,再把茶叶投进去,看茶叶慢慢在水中载沉载浮,看春茶的颜色在杯里慢慢洇开。喝红茶,用玻璃杯也好,好的祁门红,初始作葡萄酒色,喝下来,渐作琥珀色,让眼睛感到舒服。但日本的抹茶却不能用玻璃杯喝,一是抹茶挂杯;二是抹茶不会让光线从杯那边透过来,也没见过有人用玻璃杯喝抹茶。绿茶粉和抹茶最好用黑色的茶碗。抹茶其实也很大众,一碗茶,传来传去大家喝,虽然有那么点不卫生。

中国各地的茶馆,用玻璃杯的不多,大多是带盖儿瓷杯,我喝茶,喜欢找个有庭院有植物的地方,交钱,领一壶开水,要两只带盖儿白瓷茶杯,然后找地方坐下来慢慢喝。年前与金宇澄去上海静安寺西边,居然找到这样的喝茶地方,坐在池塘西边的小亭子里,喝了半天茶,说了半天话,池塘对面坐了许多老头老太太,也在喝茶,也在说话。坐在我们喝茶的地方,正好可以看到静安寺以东那栋张爱玲住过的小楼,那栋楼的大大出名完全是因为张爱玲曾于此居住。忽然就想到了当年张爱玲和胡兰成在那里会面的时候,难免不一边说话一边喝茶,无端端的,总觉得张爱玲喝的应该是红茶,或许就是五月春摘的"大吉岭",而且是用大个儿的玻璃杯。满满一杯,红孜孜的。胡兰成的那张脸,想必也是红孜孜的。

玻璃乐器

有一种玩具，只有过年的时候才会有人拿出来卖，是玻璃吹制的喇叭，说是喇叭，却封着口，放在嘴里轻轻一吹，"叭叭叭叭——叭！"脆亮好听，但好景绝不会长，吹着吹着——"叭"碎了！

现在已经看不到这种玩具，好像是也没人再做，会这种手艺的人大同不知道还有没有？如失传，也真可惜。大同人把这种玻璃玩具叫做"琉璃圪棒"。玻璃从域外传来，汉代在中国本土已有生产，北魏时期的琉璃制品远远要珍贵于金银器，但大多都从两河流域进口过来。常见北魏墓出土琉璃残片，真是薄，真是漂亮，在日光下看之，闪烁一如珠母，真是华美异常无可比方！大同把玻璃喇叭称作"琉璃圪棒"，可见其历史该有多么古远！

玻璃喇叭——玻璃玩具，好像更应该叫做玻璃乐器，在吹制上好像难度相当大，要把玻璃吹到极薄极薄才行，要是不薄，岂能吹之有声，可见不是一般人所能来得了，我在上海看朋友做琉璃器，我忽然想请他们吹一个玻璃喇叭，我把形状、大小、薄厚告诉他们，并在纸上画出来，他们试做一二，但怎么吹也吹不响。他们说，玻璃能吹响吗？这是你的一种设想吧？我对他们说，这是一种大同民间的玻璃乐器，寿命绝不会长，吹久必碎，但声音绝对无可比拟，你想想，玻璃在吹动的时候发出的声音，那是一种多么美妙而独特的响声！我在那里说，他们好像还是不相信，玻璃能做乐器吗？玻璃能发出声响吗？再吹几个试试，均不成功。我忽然更觉得我从小就玩的玻璃乐器是否在大同地区已经失传，要是失传，简直是令人痛心疾首。我去北京，又去北京朋友那边的玻璃小作坊，我告诉他们"玻璃喇叭"的颜色是紫红色或淡茶色的，这一回，他们马上明白了玻璃的配方，这次虽然可以吹得薄一些，但还是无法吹响。虽吹制不成功，但我的朋友的兴趣却高涨起来，他说，吹大大小小几十个玻璃喇叭，找三四十个人在台上吹奏岂不好看，玻璃闪闪烁烁，声音清清脆脆高高低低，舞台必须在全黑的底子上有那么一束光打下来照在那些玻璃喇叭上，那一定是一场极为奇特的演奏会！无可比拟的音乐会！我说这个音乐会是应该在我们大同开，虽然别处也有这种"玻璃喇叭"，但我以为大同的最好！

　　在中国，经过了旧石器时期、新石器时期、青铜时代，但跳过了铁器时代，也没有玻璃时代，而是直接进入了瓷器时代。玻璃在中国的发展史我一直不清楚，好像至今也没有这样一本书能把这个脉络理得清清楚楚。那天我翻看一本《波斯工艺美术史》真是吓了一跳，上边写着"以玻璃做吹器也"！以玻璃做吹器还能做什么？那不是玻璃喇叭又会是什么？北魏一朝受两河流域的影响最大，我设想，那大同民间的"琉璃圪棒"也许一直是从北魏吹到今天！

吹玻璃喇叭要有耐心，我从小到大笨拙且粗心，买两三个玻璃喇叭，吹一个，"叭叭"——碎了，再吹一个，"叭叭、叭叭"——又碎了，剩下一个不敢吹了，把它小心翼翼地放在一个盒子里，下边还垫一块布。总记着，我把一个紫颜色的、漂亮的、薄得不能再薄的玻璃喇叭放在了什么地方，一过就是三十年，我不知道那个玻璃喇叭现在在什么地方？

爬格子

许多人把作家写作叫作"爬格子",像是有那么点写实的味道。二十世纪八十年代写稿真可以算是辛苦,写着写着就真的要"爬"在那里了,八十年代的作家也真是能熬夜,写一阵,看看表,半夜十二点多了,再写一阵,再看看表,已经是凌晨两三点了。那时候,我常常会一直写到凌晨三四点,为了醒醒脑子,我会走到自家北边的小院里看看天上的星斗,那星斗是那么的清冷,那么的明亮,周围又是那样的寂静。在这种众人都睡你独醒的时候,你的脑子像是特别的清醒。我那时候年轻,在仰望星斗的时候,心里,觉得自己特别的了不起,是在做一件伟大的事情,到了后来,才明白作家只不过是一种职业,任何加在作家头上的美誉都很好笑。

八十年代作家写长篇,简直是无一例外,几乎全部是靠手写,一个字一个字地写,一个字一个字地抄。在一次大学的讲座上,有个大学生突然站起来提问:"您的第一部长篇,三十多万字,真是一个字一个字地抄吗?"我当时在心里笑起来,难道可以两个字两个字抄吗？那只能是用电脑，一下子打出两个字或三个字的词来。所以近二十年中国的小说产量才会那么高，有人计算过，现在小说的年产量是二十年前的三十多倍还不止。所以我会在心里更加佩服那些古代的作家，用毛笔，写小楷，那些上百万字的小说是怎么作出来的？那才真叫是毅力！比如《红楼梦》，或者是《三国演义》。简直是"好家伙！"

八十年代，是一个充满了种种美好理想和憧憬的年代，写作在那时候真是神圣，开笔会，头天晚上就开始兴奋了，想第二天怎么发言，"思想"和"哲学"这两个词在那个年代总是挥之不去。那时候写发言稿是彻夜的事。由于没有电脑，只能靠写。我那时候特别喜欢那种很大张的稿纸，这种稿纸的天地和两边的地方特别的宽大，改起稿来特别方便。那时候开笔会，不止是我，许多人都特别热心收集稿纸，《上海文学》《人民文学》和《青年文学》的稿纸，是让青年作家眼热的东西。一旦收集来，却并不单单是用来写稿，更多的是用于写信，亦是一种虚荣心。八十年代人们没有手机，打电话也不方便。想和朋友说些什么就写信。各种的信纸，各种的信封，都是为写而准备的。信纸有特别漂亮的花笺，信封也有各种的样式，上边且印着各种漂亮的图案。我认为，近二十年来邮政是中国历史上最没有美感的邮政，一时间，竟然取消了所有形式的信封，要想寄信就必须买他们印制的那种牛皮纸信封，可以说是一种可耻的垄断行为，好在，我们现在有电脑，想说什么可以发电邮！好在，我们现在有手机，想把消息告诉朋友，我们可以发短信！不必再为那种丑陋而统一规范的信封气恼。我现在自己印有好看的信封，我给朋友写点什么，比如用八行笺，写好了，装在我自己的信封里，然后亲自交给朋友以做纪念，我们才不稀罕邮电局的那一枚邮戳。

八十年代对作家而言是个辛苦的年代，是，一定要写，是，一定要把时间耗到，趴在那里，把背拱起，眼睛近视的，要把脸几乎贴在稿纸上，一个字一个字地写起。我的第一部长篇《乱世蝴蝶》，最后一遍抄完，右手的手掌上留下了厚厚的茧。好多年后，才慢慢退去。说作家的写作是个体力活，可以说一点点都不夸张。用陕西话说，是"没有身体，吃架不住"！作家有写死的，从古到今，不在少数！而现在的写作就相对轻松得多。但我还是怀念八十年代，那种情怀，那种神圣感，那种彻夜写作的"耕作"精神。当然我也喜欢电脑，现在我也离不开电脑。我们这个时代是受电脑左右的时代，你去银行取钱，有时候银行的人会告诉你电脑出问题了，什么都不能办！

这是个让人有许多说不完的麻烦的时代，如果电脑一出毛病，作家的烦恼就更大，走出来，走进去，抓耳搔腮。我不大懂电脑，说来好笑，有一年过年的时候，我在电脑前点了一支香，唯愿电脑在新的一年里不要给我找麻烦，好好儿的别出毛病。我现在是完全接受电脑的统治！除此之外再无他法，谁让现在是"现在"，而不是八十年代。

案头

我的书房,现在是没有斋名的。前不久翻阅清代扬州八怪之一的汪巢林的诗集,很喜欢他的"清爱梅花苦爱茶"。这句诗真是很好,便想用来做斋名,但太长,如取其中两字,起一个"清苦斋",又显得太娇矜。我毕竟不清苦,起码比一般人还过得去,还喝得起八九百元一斤的六安瓜片。我很喜欢周作人先生给自己取的斋名"苦雨庵",后改为"苦茶庵",左右不离一个"苦"字。如果自己也真把书房叫做苦什么庵,恐怕写出文章也要枯淡无味了,更何况我也没有"前世出家今在家,不把袍子换袈裟,街头终日听谈鬼,窗下通年学画蛇"的情怀。

再说我的书案,我的书案很像银行堆满账簿的台面,三面都是书,左边一摞是工具书,我常用的计有:《古汉语辞典》《辞海》《语言与语言学辞典》《说文解字》《中国地图》《中国大辞典》《日汉小辞典》。靠着这一摞的是大本可达四斤之重的《乾隆抄本百廿回红楼梦稿》《脂砚斋甲戌抄阅再评石头记》《鲁迅手稿》《孙中山先生手稿》。旁边的那几摞就常常变换了。比如现在的有：《牡丹亭》《养吉斋从录》《新校九卷本阳春白雪》《金圣叹批本西厢记》《四声猿》《绝妙好辞笺》《古代房事养生术》《袁中郎尺牍》《坛经》《诗经》《易经》《孙犁论文集》《丰子恺漫画集》《博尔赫斯小说选》《冬心先生集》《六朝文笺注》《弗洛伊德主义与文学思想》《肯特版画选集》《林风眠画册》《京华烟云》《燕子笺》。这些书像好朋友一样团团围坐在我写字台的三面，终日与我频频交谈，令我想入非非。桌子左边还铺着一小块织得很粗放的小麻毯。这份格局比较特殊，毯子由绿、粉、黄、灰、紫五色的麻织成，写东西的时候正好衬着左胳膊，一边写一边喝茶时，茶杯也顺便搁在这块小毯上，既不滑动，洒了又不至于惊慌。小毯上有一拳大的玻璃球，球里一朵永开不败的粉色玻璃花。还有一青花笔筒，上边是山水亭林，为杨春华所赠，是她的画瓷作品。一汉代漆木瑞兽，其状如蟾蜍，却有角有翼。一对北魏蓝玻璃小鸟，玻璃里布满内裂，迎光视之，漂亮非凡，应该是当年从两河流域那边过来的存世孤品。还有两只大骰子，每一只都有婴儿拳头大，写累了的时候，掷一掷骰子玩，可以让自己休息一下。比如说，我的长篇《蝴蝶》，一共写了七章，就是掷骰子的结果：掷三下，最大一次是七点，就写了七章。桌子右边是台灯，粗麻的灯罩，灯下边是亮晶晶的小铜闹钟，提示我该去睡或该去做什么。旁边又是一方北魏四足石砚，四边各一壶门，砚面四角又各一朵莲花，砚池圆形，围着砚池周边又是一圈绚纹。古砚的旁边是开片瓷水盂、放大镜。还有放闲章的盒子，里边有几十方闲章，其中两方闲章我自己最喜爱,一方的印文是"友风子雨",一方是"境从心来"。桌上还有镇纸,一块是糯米浆石的,上边镌"笔落惊风雨"五字。一块是红木镶螺钿的,三棱形,三面都镶的是琴棋书画。我很喜欢这个镇纸,画小画用它压压纸,我喜欢用很粗糙的毛边纸写写画画,这种纸留得住笔,画山水梅花笔笔都枯涩苍茫!

我的案头,删繁就简到现在还有两大盆花,一盆是龟背竹,在书桌的左边,大叶子朝我伸过来,夜晚就显得很有情。当人们都睡了的时候,你就会觉得它是你的朋友,热闹时会失去许多朋友,冷清时会记起许多朋友。我的身后,另一盆几乎可以说是树,比我都高!叶子有蒲扇大,开起花来可真香,有人说它叫玉簪。我看不大像。这两盆花总伴着我到深夜。我常常于深夜想到的一个问题是,花用不用睡觉?这个问题恐怕无人能解答。

我的书房里还有什么呢?铜炮弹壳,一尺半高,里边插着一大把胡麻籽,让我想起那个小村子和那个部队。搬家后,我把许多东西送人,但永远不会送人的是那两件青花瓷。一件是花熏,像小缸,上边有盖,盖上有金钱孔,遍体青翠。当年是熏小件衣饰的,如手帕,如香包,如荷包。熏袜子不熏我不得而知,但我想象我的祖母用它来熏淡淡发黄的白纱帕,帕上绣着一只黄蝴蝶和一朵玉兰花。还有那青花罐,圆圆的,打开,盖子像只高足小碗,下半截就更像是碗。我很想用它来做茶碗,但舍不得。这两件青花瓷,一件上遍体画着缠枝牡丹,一件遍体画着凤凰和牡丹。都是手画。除了两件青花瓷,还有几把紫砂壶,还有一盒老墨,老墨是一位小时候的朋友送的,他去英国伦敦定居已有十一年。那盒墨真香,打开,过一会儿,家里便幽凉地弥漫了那味儿。盒子是古锦缎的,里边是白缎。这盒墨我一直舍不得用,都裂了。十锭墨没有一锭拿得起来,再过数十年或数百年,它一定是书画家们的宠物。盒里白缎上写着我的一首诗,诗曰:

> 相见时难别亦难
> 常思相伴夜将阑
> 联衾抵足成旧梦
> 细雨潇潇送离帆

写这篇小文时外边正下着雨,是入秋以来第一场大雨,原想打开窗子让屋子里进进雨气,想不到那雨却一下子飘到案头来,用手摸摸,案头分明已湿了一片。

香与生活

陪朋友去平遥，晚间临窗小酌，朋友问我对平遥的印象，我直话对他说，像平遥这样的小城，一没有云烟之气，二没有山林之色，我是不会喜欢。苏州和杭州就好在小桥流水云烟氤氲，梅竹之外还时不时会有块太湖石立在那里让人养眼。平遥城，除了浓浓的商业气，剩下的，也还只是浓浓的商业气，之外像是再没有什么别的，要说登城墙，也最好去南京，老金陵的每一块城砖才都是历史。这一晚，喝完酒写字，我向来不善写大字，但也写了。睡下再起来，没有蚊香，把平林送的檀香点了一支，平林自己做香，粗短恰像他本人。檀香的味道很好闻，真正的印度老山檀有股子奶香，怕是没人不愿闻。

香在中国的历史悠久到不好说，一种说法是始于先秦，我以为这种说法大值得商榷，好闻的东西大家都喜欢，先民用火离不开各种的植物，认识香草应该是更早的事情，就像先民认识石头，应该早在石器时期之前。汉代的博山炉真是创意大好，炉盖设计成叠叠群峰，香烟从群峰间冉冉而出，真是诗意得很。亲近大自然远不是现在才被提及的事，面对博山炉而让人想象群山起伏烟雾缭绕，汉代真是个伟大的时代。明代的獬豸香炉，也就是那么一个传说中的独角兽，头朝后仰，大张着嘴，让烟从嘴里冒出来，论创意，不能与汉代的博山炉相比。

檀香在中国可以说是"家喻户晓"，有一阵子，几乎所有的香都像是在使用"檀香"这个牌子，去饭店的卫生间，会有一支檀香点在那里，慢慢冒着烟。家里味道不好，也会点一支檀香。有一种香皂，现在不大容易见到了，是檀香皂，味道让人闻着亲切。据说毛泽东每写完毛笔字洗手，还认为用檀香皂是一种浪费，要身边的人给他换肥皂。我的小弟，喜欢旧的东西，现在还坚持要用中华牌牙膏和檀香皂，现在虽有这种牌子，但已不是以前的那种东西，唯有上海的硫磺皂和颜色红红的药皂到现在还保持着以前的样子，让人备感亲切。让人觉着时光在倒流回去，又让人看到记忆中的山清水秀。

说到香，说到点香必用的香炉，我现在忽然很喜欢时下到处可见的那种小可一握的瓷电熏炉，完全是大众化的，方便而实用，只要通上电，调好你想要的温度，无管越南芽庄还是老山檀，马上便会香气馥郁起来。我想丰子恺先生若是还在，也一定会喜欢上这种香炉，而且不用担心香灰的质量好坏，用隔炭法品香，碰上香灰质量差，你品香的时候也只能连香灰的味道一起接受。电熏炉的好就好在没有什么其他味道，而且方便洗涤擦拭。如温度调到最好，香是一点一点发散开，写作的时候，有这样的香闻，真是很享受。而且要比用印香炉节省香粉，印香塑字，即使是笔画最少的一笔简化"云"字，也不是一勺两勺香粉可以完成。而电熏炉却是极其节省，放一两小勺香粉可以慢慢熏老半天。沉香不是今天才贵起来的，沉香的身份是自古就贵，也应该贵，一般人根本点不起，市面上像是到处都有沉香在卖，但里边也许连一点点沉香都没有，真正的沉香，能闻到就算是福分。一般人点不起沉香，但老山檀还是可以每天烧一点儿的。停云香馆去年寄来的香粉虽是香粉也算是合香，闻起来很好，层次多了一点儿，更加丰富一些。合香的好处就在于香的层次丰富，一把胡琴的伴唱与整个乐队的伴唱毕竟是不一样。但烧沉香，我还是喜欢单品一点点沉香，沉香的香，从开始到结束，变化极其微妙，简直可以说是奇妙无比。我品沉香，但，不敢请朋友一起来品，怕坏了沉香的道场，香是一个人的，无须旁人品评。好茶也是这样，也是一个人的。

中国民间大众的闻香，向来随便，也不必故作高深而制定种种规矩让大家遵守，也不必大家集在一起高考一样闻过记下再猜一下是什么香。烧一点好香，读一本好书，一边读一边感受，想必是最好的休息。我们生活在生活中，有时候最好的态度就是要把自己放松，对香的态度也应该是这样，你把它点着，随它袅然。古人所说的"听香"，便是一种放松法，当香烟袅然的时候，你把注意力转到耳际，用耳去"听"，把鼻子暂时忘掉。这时候的品香才是最放松最自然，如果有意去闻，把力量和心思都集中在鼻端，太有心，这一炉香便算是浪费。

大众对香的态度是，香烧在那里，人还是该做什么就去做什么，香是不经意地袅然而来袅然而去，人是不经意地走过来或再走过去，这才是香之正道。

民间香道

读张爱玲小说,感觉她是喜欢沉香的,要不怎么会有《沉香屑·第二炉香》这篇小说,说实话,这篇小说我不怎么喜欢,如说喜欢,也仅限于这个题目,沉香毕竟是好,闻过的人很少说不好,说不好的人也许闻到的根本就不是真沉香。丰子恺太喜欢焚香,有一阵子是见了篆香炉就买,如他自己所说是"一共买了八九只之多"。又如他自己所说:"眼睛看不到篆缕,鼻子闻不到香气,我的笔就提不起来。"丰子恺先生那时候烧的主要是檀香,一般的中药铺里都有卖。现在的中药铺也有,但如真想买,我以为最好是去同仁堂。檀香和做家具的紫檀是两回事,紫檀只有木头的味道,没什么香气。说到香,柏木也香,吃蒸饺,在笼里铺一层柏叶,味道很是别致,但这柏叶最好是蒸过再用,如用新鲜的柏叶味道就怕太冲。2004年我在一个考古现场,是明代固原总兵的墓,发掘的时候,工人们用镐不小心碰到了棺材,周围的人都猛地闻到了柏木的清香,那可真是香。关于柏木的香,记忆深刻的还有一次是在陕西黄陵，黄陵在桥山，桥山满山上都是老粗老粗的柏树，黄帝陵的祭殿全用柏木修建，人进去，满鼻子就都是柏木的清香，根本就用不着再烧什么这香那香。当然，柏木再香也无法和沉香比，但在民间，现在想买到货真价实的柏木香还不那么容易，号称柏木香的，也许里边只搀一点点柏木。那一次去黄帝陵，还没进门，就有人赶上来卖香，还说："进门烧香，子孙满堂。"这句话时至今日已经是个让人高兴不起来的笑话！从黄帝陵出来，又一黄衣僧人抢赶一步过来，拦住我们其中的一个人，开口就说："印堂发红，拜佛成功！"真不知他要做什么？真不知佛在什么地方？直想打他一顿！但黄陵的香还是好，比别处的要好，桥山上到处都是柏树，那香应该好。不到桥山，很难让人理解什么是"柏森森"。杜甫有诗句云"锦官城外柏森森"，我想他如果到了黄陵，一定不会再说锦官城外的那点事。松树和柏树，从颜色到风吹过发出的声响，都森森然。国画家画松柏，用笔设色均应该从"森森然"这三个字出发。钱松岩善画松，他笔下的松是森森然。

我小时候，父亲从外边拿回来一包看上去已经十分糟糕的木头，颜色发黄一如土沉，父亲说放衣箱里可以防虫，那木头很香，至今我想不来那应该是什么香木，土沉按理说不香，奇楠能让人闻到香味却不应该是那个样子。那之后，没再见过那种香木。中国人，对香不应该陌生，若说香是文化的话，这文化应该是无处不在。既是物质的，又是精神的，家里味道不好，点一支卫生香除除秽气，这香是物质的。清明去先祖墓上扫拜，焚香烧纸，那香便应该是精神的。《金瓶梅》一书写厨房里煮猪头，点了一支香，这支香还没点完，猪头已经大烂。这支香便是计时的意思，是钟表，会冒烟的钟表。过去戏班学戏，师傅点一支香，让徒弟头朝下倒立，什么时候香点完，什么时再下来——把腿放下来。这也是计时的意思。一支香点多长时间，不好说。那一年在太谷天宁寺看妙忠老和尚烧四方高香，天黑后点上，第二天早上还在袅袅燃，可真是耐烧！中国人说烧香就是烧香，没什么"香道""香文化"这一说。眼下什么都要"文化"那么一下，"道"那么一下，真让人不耐烦。在中国，从古到今，各种的香在那里烧了几千年，从各种的香草到贵比黄金的沉香奇楠，样样都烧，样样都烧在文化的记忆深处，而从最初的"除臭去湿"发展到现在精神意义上的一招一式，好让人不耐烦也，真是闲人有闲工夫！直到现在，我经常会点那么一点点沉香，打灰、烧炭、加隔片、闻香，既要闻这香，好像也只能这样，最简单的一种方法是把檀香粉沉香粉叠加上烧，也一样的让人闻香而喜悦。但我近来更喜欢世奇小弟送我的一具最普通不过的白瓷电香炉，就放在电脑旁边，我写作的时候，放一点点沉香屑在里边，香是隔一会儿来那么一下，隔一会儿来那么一下，更妙，更让人喜悦。夜深一个人，那香才显得更好，才让人更理解丰子恺先生。我个人的喝茶和闻香要诀只两个字：简单。有人说闻香是结果，过程才是意义，我至今不得其要领，也不愿得其要领，予生也劣，顽固如此。比如我们现在的夏天，晚上，点一根艾草，既熏蚊子也闻香，我以为这便也是香道，民间的香道，难道不是吗？

沉香的记忆

沉香现在是大贵了起来了,当然古时候沉香也贵,但不像现在的贵。现在坊间假沉香也多了起来,沉香的产量太低,没有那么多的真沉香,所以假货大行其道。中国现在几乎不产沉香,日本也没有,在日本,几乎是,从古时开始他们所用的沉香都靠从东南亚一带进口,但日本著名的沉香"兰奢待"还在,在东大寺,国宝级,看一眼,亦算是此生有福。

小时候,记得有一次,家父从外边兴冲冲拿回来一包看样子像是糟朽了的木头,黄黄的,上边像是有土。家父对母亲连说这是好东西,要母亲把它放在箱子里,是衣箱。我以为是要用这香木来香衣服,现在想想,那可能就是土沉。那时候,是既没人熏香,也没人敢戴手钏,在那个时代,沉香,哪怕就是白奇楠,也没人用,大多数的人是不懂,即使是有人懂,也没人敢显摆这些事。家父拿回来的"香木",我闻了闻,也没见有多么香,那些香木被放在了箱子里,后来去了什么地方,不知道。在那时,许多事物都犯忌,是这也忌,那也忌,新中国诸事都有忌!品香、斗茶岂是工农兵的行为。1960年,我们那地方的乡下,一时饿死多少人,还品什么香、斗什么茶?直至"文化大革命",什么古玉古瓷,往外扔都怕人看着,要半夜出去扔埋。那个时代,一切都讲新,旧的都不要,当时家里购有一把新茶壶,上边刻四字:斗私批修!现在说来好笑,当时可一点都不好笑。

沉香贵重,但现在好像是到处可以看到人们戴沉香手钏,不用细参,十之有九都是假的,大一点的雕件,也没什么真货,真正的沉香虽沉于水,但实实在在沉香是不合适用来雕刻什么。沉香之妙在于一旦点燃其香便是变化万千,这个沉香和那个沉香不一样,就是同一小块儿的沉香,一旦品起来也不一样,闻过真正的好沉香,便是一番经历,吃菜喝茶能说是"一番经历"吗?不能,而闻沉香是,是"曾经沧海难为水"。张爱玲懂沉香,她的小说《沉香屑》,单说题目,她就懂。在这世上,有拿着一大块沉香当劈柴烧的人吗?古人说的"一瓣心香",这个"瓣"字还算靠谱,是一小片,一个"盔沉壳"劈开几瓣,也就几小片而已。古人说的"拈"香也对,用食指和拇指把一小瓣沉香拈起来,是如仪。如用三个手指便是"捏",如五指全上,便是"抓"。一个"瓣"字,一个"拈"字,足见沉香之贵重。

再说一句,起码在清代,沉香手钏不是戴在手腕上,而是挂在衣襟之上,那时候没有"猴皮筋",把手钏戴在手腕上很不方便,不好解,做事也妨三碍四,都戴在右襟上,而戴在襟上的沉香手钏大多是高级奇楠,有香味。

我现在写东西的时候喜欢烧一点点沉香，小指甲盖儿那么一小片就足矣，都不到"一瓣"。

　　印度老山檀也好，但怎么能和沉香比？香气太薄。而沉香，是浑厚而变化万千。

眼镜的事

眼镜据说最早出现在宋代,但一般人都以为在明,大书法家祝枝山据说就戴过水晶镜,在当时,想必是出来进去风流得紧。但又模模糊糊感觉不是,同在明代,《金瓶梅》三番五次写西门庆凉鞋净袜鹦哥绿外氅戴了眼纱出来进去,但就是没有写到过眼镜。眼纱是什么样子,大概就是挂在大帽前檐上的那一块纱,但《金瓶梅》中分明又写到谁谁戴着小帽眼纱。如戴大帽,眼纱是挂在眼前,如是小帽,眼纱势必要贴在脑门儿上,怎么回事?在《金瓶梅》一书中,还写到女人也戴眼纱,好像是得了几个银子就好显摆的蕙莲。在清代,戴眼镜的风气大炽,但晚辈见长辈,如果戴了眼镜照例是先要把眼镜摘下才能开口说话。说到墨镜,重要场合连会客都要戴墨镜的是陈毅,都说他的眼睛太厉害,怕把对方吓着,还有一说是陈毅的墨镜在白天戴着可以看到天上的星星。这让人想不来怎么回事,戴上墨镜居然可以在白天看到星星?老作家周瘦鹃与陈毅有同好,是墨镜整日不离眼眶,只是不知道周先生的墨镜在白天看到看不到星星？周先生不看星星，周先生一般戴着墨镜只看花，亦为一奇。

眼镜在古时叫"叆叇"，这两个字好像跟眼镜一点点关系都没有！眼镜的发明，可以说是一大善事，一时方便多少近视眼，但又据说是先有老花镜后有近视镜。我住四合院的时候，常听院子里的人对另一个人说："看看你那眼，又上火了，快到老贾家把那副水晶镜借来拔拔火。"老贾是我们那一带的名医，世代相传的名中医，头挺大，他坐在那里开方子，你站着，几乎看不到他的脸，只能看到他的脑门！老贾家的水晶镜那时候是大家的恩物，谁的眼睛上了火，红了，疼了，不舒服了，据说把那副水晶镜借来戴那么一戴，眼里的火顿时就会被"拔"出来。"拔"——不知是不是这个字，但大家都说"把火给拔一拔"，但这话有时候就会变成一句很不好的话，常见有光棍笑嘻嘻地对人们说："唉，我这地方火可大发了，谁他妈能帮我拔一拔？"我那时虽小，但我明白这不是一句什么好话。

我下乡挂职，那地方离城三十多里，天天坐了车去，也没别的什么事，最大的事就是开会，还得坐主席台，乡里能开什么会？大多都与农业有关，或者就是计划生育和种树。我坐在那里，困得实在是不行，在桌上趴着，不行，仰着，佯装思考问题，但久了也不行。后来我的一个朋友给我出了一个主意，要我配一副墨镜近视镜。他说——"墨镜近视镜"。那几年，我就一直戴着"墨镜近视镜"，我睡觉从不打呼噜，这下好，坐在会场，不用再强把两只眼睛睁着，我在这里打瞌睡，谁也看不出来。我向来在正事上话少，开会话就更少。但我比较聪明，问不出组织部干部那样的笨话："一亩地种多少棵谷子？"一时惹人们大笑。说到打呼噜，我的朋友里边韩石山兄是冠军。我和他住一个屋，他总是说"你先睡，你先睡"。老韩的呼噜是声震山岳！气派极大。倘若，如果他醒着，要他打一个给人们听听，我想他一定找不到那个分贝，不会打那么好。有一次朋友们和老韩一起去澡堂洗澡，洗完刚躺下，忽然有服务员从里边奔出来，对另一个服务员大喊："快把外边的东西收进来，要下雨了，打雷了。"我们那个笑啊。

德国作家黑塞喜欢眼镜，他去世，人们收拾他的遗物，在一个抽屉里发现他近百副的眼镜。有一张照片，他戴着墨镜，仰着脸，在吸烟。如在白天，黑塞的墨镜不知看到看不到天上的星星。我想他也没这个兴趣。

我戴着我的"墨镜近视镜"去学校的澡堂洗澡，和我一起入浴的校长笑哈哈地和我开玩笑。"啊呀，洗澡戴眼镜？你看什么？"我一时大窘。香港的导演，是谁？也整天戴着墨镜，是白天墨，晚上也墨，听说，他夫人都很少见到他不墨的时候。洗澡的时候，想必他也墨着，但他身边可能没什么校长。更没有让人猛地一窘的询问。

有人戴一副没有镜片的眼镜在那里照相，怎么说，像是有文化！

关于伞

　　国人送礼，无分什么场合，一般都不会送钟和伞这两种东西。送钟不好听——"送终"。"伞"与"散"同音，国人向来喜聚不喜散，也一定不能送伞，何止是中国人，国外也很少见人家结婚赶去送把伞的。那一年，记不清是哪一年了，冯其庸先生去考察玄奘西行路线，此举一时惊动海内。我的朋友黄小山遂想恢复玄奘取经图上玄奘身上背的那个物件，实在是不好说那应该叫什么物件，是既可以放书，又可以放食物，还可以放些衣物，放一双袜子或一双鞋，还可以放些碎银子。上边朝前探出的部分还可以遮雨蔽阳，不但可以遮雨蔽阳，上边居然还垂下一盏小灯，如把它点亮，想必晚上赶夜路也不成问题。这件为赶路人设计的东西实是妙哉，如有这样的东西，我宁肯也去徒步旅行。更妙的是，传世玄奘的图像上大师手里还拿着一支拂尘，可以一边走一边赶赶蚊蝇，如果手里不是拂尘而是一卷经也说得过，身上背着这样一件为行旅设计的物件，古时的路上又没有醉酒飞车，到了火焰山大沙漠连人烟也没有，完全可以一边走一边翻看一本书。我以为，玄奘背上的这件东西，如果复原了，简直可以去申遗，现在好像凡是好一点的东西非申遗不算数，如不申遗便好像既没根又没底，或者，连气都会没了。

伞好像除了遮阳避雨没什么别的用，这么说也不对，京剧《白蛇传》最绮丽好看的一折就是其中的《借伞》。想必许仙手中的那把伞是油纸伞，过去民间的伞不是红油纸伞就是黄布油伞，红油纸伞硬，打开的时候会"扎"的一声。黄布油伞是软壳子，打开的时候声音会小一些。这两种伞，雨打在上边格外的响，"沙沙沙沙、沙沙沙沙""嘣嘣嘣嘣、嘣嘣嘣嘣"，我是格外地喜欢听这种声音。这两种伞用久了，无一例外，都会变得黏黏糊糊，每一打开都会"哧啦"一下，已经粘在了一起，这样的伞用久了就得找人再去刷一层桐油，然后好好儿阴干。应该是刷了桐油吧，所以总是那么一股子味，这种味又总是让人想到雨。杭州的绸伞是阳伞，花花绿绿，一律归小姐太太，伞上边的那几笔画说写意不写意说工笔不工笔，但给人们留下的印象却是划时代的，好像已经定了格，是二十世纪三四十年代或五十年代，你就是拿一把现在生产的这种伞，也会让人每每想起那个早已远离我们的时代。中国没有那种用蕾丝装饰的伞，有一年去什么地方参观，青岛吧，看到了这种伞，有人在一旁介绍说那是他们的传统产品，有两三百年的历史了，我当即走开。我以为，当今的鬼话很大一部是商业行为，当今的生意经大可以以八个字批之：睁开眼睛，胡说八道！

在南方，你如果对你的南方朋友说你在冬日的某天某日打着一把伞出去，人家听了肯定会觉得怪怪的。冬天用伞的场合一般不多，但下雪的时候,却真是需要打一把伞,下雪天,一个男人,打一把黑布伞,顶着风,漫天大雪飞飞扬扬,真是很有镜头感。像是看黑泽明的片子里有这样的镜头,雪、黑伞、日本刀、伞下的那张脸,简直是杀气腾腾。我在下雪的时候喜欢打把伞一个人出去散步,但这雪一定不能太大,风大雪大,手里的伞就会吃不住,小雪小雨,打把伞出去一个人散步是一件有意思的事,不是诗意,也不是别的什么意,就是,让人觉着惬意。但你也可以说这是吃饱撑的。下雨天和下雪天更多的人喜欢搓麻将,这就叫"萝卜白菜,各有所爱"。

说到伞,我想起过去的一件小事来,刚工作不久,我喜欢上一个女孩儿,那一次我姑妈对我说:"快去,快去。"姑妈一边说一边把一把伞递给我,外边正下着雨,而那女孩也忘了拿伞。姑妈小声对我说:"你看看她能不能和你打一把伞,能就说明行。"我追出去,两个人就端端地在伞下了,伞小,站在伞下的两个人马上都各湿了一半,我掏出手帕想擦擦眼镜,把伞递给她,她这么拿,那么拿,再转一个身,我跟上转,结果,两个人的另一半也全湿了。

有人说伞是中国发明的,所以是民族的,我说未必,它未必是中国发明,不要把几乎所有的东西都说是我们的发明,这又何必?全世界的人,没有不用伞的,几乎是,家家都会有那么一把两把。伞是什么时候发明的,谁发明的,不好说,但有一点应该明白,伞在中国古时候叫"盖",下雨的时候,人们碰了面,因为打着伞,所以只能"倾盖而谈"。

你要不明白,下雨天,打把伞出去,碰到熟人,如果他正好也打着一把伞。

竹夫人

夏天晚上睡觉最离不开的是凉席、凉枕和蚊帐这三件，如果再稍微奢侈一点点，就再加上个竹夫人。加一个竹夫人按说不算什么奢侈，但现在用竹夫人的人毕竟不多了，即使在南方。北方人一般不懂竹夫人，更不用说用。我以为，竹夫人也可以叫作"竹丈夫"，可惜没人这样叫。男人抱一个这物件入睡，那被抱的就叫作竹夫人，女人抱一个竹子编的这物件，岂不就是竹丈夫？但没人这么叫。好像是，男人再多一个夫人也没多大关系，而在女人，岂能动辄再多一个丈夫。三伏天，南方热，北方也热，太阳是同一个太阳，不会对北方格外留情。但北方人很少有人用竹夫人，现在在南方，用竹夫人的好像也不太多。竹子编的竹夫人用久了红润好看，是越用越好，晚上贴身抱了睡实在是舒服，如果是新的，难免没有毛刺，扎一下得爬起来半夜三更地挑灯找刺。竹夫人其实就是那么一个可以让人枕，可以让人抱，可以让人夹在两胳膊两腿之间的长形竹笼，猛地看，有些像扔在河里抓鱼的竹笼。只不过这个竹笼里边还有两个竹编的拳大的球,会从这边跑到那边,从那边再跑到这边。竹夫人在夏天搂了睡觉舒服,但想一想好像有那么一点点不太雅,搂竹夫人睡觉得是天大热的时候,动辄满身大汗,这时候睡觉你不得不赤身裸体上阵,没人会对谁夏天晚上睡觉赤身裸体有意见。那年我去武汉,晚上热得受不了,只好出去睡,街边早睡了不少人,一铺凉席,一个枕头,横躺竖卧,男女都有,睡在那里的人,人人如此,除了小短裤,没有再穿别的什么的。其实三伏天大热的晚上睡觉,你就是什么也不穿,连小短裤也不穿也热。我个人是裸睡主义者,如果条件允许的话我就什么都不穿,只要你如厕的时候不要吓着别人。但即使你什么也不穿也会热,这样的晚上就只好抱一个竹夫人,抱着,一条腿再跨上去,周身便会凉起来,起码不会让汗再黏在一起。因为这样的睡姿不那么雅,所以用归用,却相对要避人。虽然它只是一种炎炎夏日的用具,但你只要想想,公司的老总,在白天,西装革履、领带一丝不苟地在那里训导大家,晚上却脱光了抱一个竹夫人在那里睡,虽然他没有什么错,但你若看着他做如是想,也许你会不由得一笑。《红楼梦》和《金瓶梅》这样的两部古典名著,里边高雅和俚俗的东西都有,但就是没有写到竹夫人。《儒林外史》里好像写到,但在第几回,已记不清。我第一次见到竹夫人是在韩国,韩国朋友在那里叽里咕噜,没等他们翻译,我已经明白这就是竹夫人。这不用翻译。

有人说竹夫人是最阳的东西,所以里边才有两个竹编的圆球,双数取其阴。这是胡说,中国传统的阴阳之说,几乎把任何东西都要分一下阴阳。或还有其他之说,尚无从得知。编竹夫人的竹子要开宽竹篾,在这里,也许不能再叫竹篾了,要叫竹条,开竹条的时候要留青,也就是不能把竹皮去掉,所以古人又把竹夫人叫"青奴",这个叫法中性一些,男女都好用,但太古典,又有阶级之说的味道在里边,在民间,没人这么叫,都叫竹夫人。

夏天用的竹枕,其做法也和竹夫人一样,中空而透风,样子也差不多,头枕上去取其有凉意。夏天你要是看到有人脸上左一道压痕右一道压痕地从屋里出来,不用问,是枕过竹枕刚刚睡起。

竹夫人在北方很少见,几乎没有。

南方的竹夫人是越用的时间长越好,红润好看。

最好的竹夫人要用红湘妃竹做,用久了,漂亮不可比方,只堪秘藏。

我家的竹夫人用的是一般竹子,搬家之后,不知去向。

关于骆驼

中国的女作家里边,台湾省的林海音年轻时候算是美女,她的《城南旧事》写得真好,其中写骆驼的那几行文字特别地能让人动故都之思。作家老舍的《骆驼祥子》也写到了骆驼,主人公祥子在外边拉了几天骆驼,挣了那么几个钱,算是乱世中的幸事。过去拉骆驼,一个人一拉就是七八驮,或十来驮。骆驼不说一头两头,而是说驮,一驮两驮。骆驼比人高得多,走得很慢,慢慢穿过城门洞,慢慢穿过城外的庄稼地,慢慢走远了。骆驼的个头要比人高得多,人在骆驼跟前都是矮子。小的时候,常听外边有人喊:"过骆驼喽!"接着就听到"叮当叮当"的声音。大人小孩都跑出去看,看骆驼从门前过,总是七八驮十来驮,又总是来驮煤的,骆驼拉的屎是一球一球的,很小,骆驼那么大个儿,但拉的屎却要比骡子啊马啊都小,这真是怪事。我们院子里,有个姓李的厨子外号就叫骆驼,这个老李的个子可是太高了,比别人高出一大截,所以他说话走路办事总是弯着点腰,两只胳膊总是朝前耷拉着。他总是不怎么说话，也没见他笑过，总是好像跟谁在生气，人们在背后都叫他"李骆驼"。我父亲有一次笑着说老李要是骆驼也只能是只单峰骆驼。我没见过单峰骆驼，我们那地方没有单峰骆驼。来我们小城驮煤的都是双峰。夏天来的时候，用给我们家做饭的白姥姥的话说："骆驼可受大罪了！"天那么热，骆驼身上都是一大块一大块的毛片，说掉不掉，说不掉像是又要掉，就那么在身上捂着。有一年冬天，母亲给我们絮棉裤，用的就是驼绒，驼绒很暖和，现在穿驼绒棉裤的人不多了，也不见有什么地方卖驼绒，过去每到快要到冬天的时候就有人从草地那边过来卖驼绒，不论斤，论包，一包多少钱。买一包，够全家的了。驼绒好像是只能做棉裤，没人用来做棉袄，剩下的，可以做驼绒褥子。已经有三十多年了，在我们那个小城已经不过骆驼了。吾乡作家程琪和张枚同写过一篇名叫《拉骆驼的女人》的小说。女人拉骆驼确实很少见。骆驼脖子下挂的那个铃铛可真大，比足球小不到哪里去，声音很闷，但传得很远。小时候，有一次父亲从外边带回来一包骆驼肉，不怎么好吃，肉丝很粗。骆驼是从西域传入中国的，时间大约在汉代或更早一些。阿拉伯人生活离不开骆驼，非洲那边也一样，看一个家庭的贫富要看他们有多少驮骆驼。

在中国，驼峰是一道美味，但怎么个好，吃过，不得要领。

唐代的唐三彩骆驼有齐人腰那么高的，上边坐五六个乐伎，有拿琵琶的，有拿筚篥的，有拿阮的，还有拿别的什么乐器的，但我想一驮骆驼怎么能够坐那么多的人？再大的骆驼好像也吃不消。艺术毕竟是艺术，要真那么来一下，让一驮骆驼驮一个小型乐队，我看不行，来头大象还差不多。中国古代的画家画骆驼的不多，明清有人画，也不多。现当代有两位，一位是黄胄，一位是吴作人，都喜欢画骆驼。虽笔法不同，但各有千秋。

看骆驼肥瘦要看它的驼峰，骑骆驼也离不开那两个驼峰，人骑在两峰之间，不会骑的人总是用两手抓着前边那个驼峰，据说这样一来骆驼会很不舒服。骑骆驼要有技术，骆驼卧下来，人骑上去再让它往起站，动作幅度很大，很容易把人一下子甩下来，骆驼的一卧一站，让人感觉是惊涛骇浪，是大颠簸，不怎么好玩。这次去科尔沁草原，在沙漠上骑了一回，感觉不好，无论什么事，一提心吊胆就不好。所以没事最好不要骑。可骑的动物里边牛最好，一个字，稳，骑在上边可以读书。老子骑青牛入关才是老子，如骑快马和骑一头小毛驴就不是老子了。青牛就是黑牛，黑色的牛。

曾在沙漠看过赛骆驼，是狂奔，是奔突，样子真不怎么好看，但更让人担心的是骑在骆驼背上的赛手。很怕他们给从骆驼背上掀下来。有句话是"骆驼撒欢大没样"，信是写实。

骆驼的样子其实并不难看，尤其是它们的双眼，那么大，水灵，好像还比较温柔，眼睫毛又是那么长。这样的眼睛在鸵鸟的脸上也有，几乎一样，只不过小了几个号儿，也水灵，温柔。

八十年代的书店

记不清到底是哪位文友了,他的斋堂号就叫"二店斋",这个斋堂号如不经他本人解释谁也不会弄清楚是什么意思。在我们那个小城,过去的百货商店是一、二、三、四地排着叫,百货一店,百货二店,百货三店,百货四店。简称之一店、二店、三店、四店,如果一直开下去可能还会有七店八店九店十店。开有一百个百货商店的城市好像在中国还没有,上海那么大,百货商店也就那么几个,如真开到一百个百货商店,叫起来多少有些绕口,"一百百货商店",真是连一点点雅意都没有。那位给自己书房起名为"二店斋"的朋友,曾经解释过他的书房为什么要叫"二店斋",是因为他经常去的地方一是饭店,二是书店。去饭店是为了把肚子填饱,去书店是为了去把脑袋武装那么一下子。二十世纪八十年代的书店都有那么个柜台,把顾客和书架隔开,所以去了书店你只能买,而不能抱着一本书在那里看。清贫的学子那时候要想在书店看看书简直是梦想,也只能隔着柜台过过眼瘾,眼睛近视的,连这个瘾都过不了！有拿着望远镜站在柜台外朝里边看书的，这绝不是笑话！在八十年代，你如果对随便不论哪家书店的店员说法国的"巴黎莎士比亚书店"，人家不但可以让人在里边看书，而且还会给前来看书买书的顾客准备过夜的床铺，听你说这话的书店店员肯定会吃惊不小，以为你的脑子出了问题！在书店里过夜，怎么回事？巴黎莎士比亚书店曾做过统计，几十年来，少说有四万多人在他们的书店里借宿过，虽然他们的床不大，但实在是够温馨，实在是够浪漫，实在是够体贴。在中国，以前没有，现在也不会有这种事，以后有没有不敢说。且不说在书店里借宿，只说可以在书店站在那里或蹲在那里拿着一本书一看就是半天也是近一二十年的事。现在的北京王府井书店，常见年轻的学子站在那里看书，或者坐在地板上，手里拿着一瓶矿泉水，分明已经在那里看了老半天，他们买不起那么多的书，但他们看得起！八十年代，你去书店买书要对店员赔上一百倍的小心，要他们帮你把书拿上来再拿上来，拿下去再拿下去，买书就得挑，但往往是你让她或他把书给你多递几回，他或她的脸色分明已经由晴转阴。现在的书店一般都撤销了柜台，这简直是一次亲爱的革命。八十年代去书店买书还必须要耳目灵通，什么书来了，什么书必须要走后门才能买到，要打听，要找门路，是神神秘秘，或者，简直就是鬼鬼祟祟！在我们那个小城，新华书店里边还有个内部书店，专供有身份的人去那里买特别的书，但不知道那些人都是些具备了什么样的条件的人，总之一般人是进不到那间屋子里去。像《多雪的冬天》《领导者》《国际礼仪手册》这些现在看来稀松平常的书就是当年在内部书店一本一本流出来的。那时候,好像什么都有个"内部",书要是一旦归了"内部读物",便好像永远与老百姓无关。报纸也这样,《参考消息》这张小报更加内部得紧,看完了定期要收回,要时刻提防被老百姓看到。老百姓是谁?老百姓就是"工农兵"。当时,根本就没人敢问一句为什么这种特权就不能下放到工农兵那里?既然"工农兵"是这个国家的主人,在这个世界上,怎么还有瞒着主人的事?这说不清,也不必说,莎士比亚说过:"愚弄的鞭子永远是在牧人手里,羊儿哪有拿鞭子的天分!"

八十年代的书店可真是书店,而且它们都有着同一个比大炮还要响亮的名字"新华书店",那之后,一切都变了,八十年代过去了,是永远过去,不会再踱着步子老模老样地走回来,这真是一件可喜的事!八十年代的书店还是有让人们向往的地方,那时候电视刚刚出现不久,还没有普及到家家户户,读书在那时候亦是一种不可或缺的娱乐和消遣。八十年代,我特别喜欢插图本,去了书店就找插图本,而现在我是最讨厌插图本。现在买书,书店就在网上,敲敲键盘,一瞬间会领略多少书籍的万紫千红!但逛书店的习惯究竟难改,前不久去加拿大的滑铁卢和多伦多,是一头就扎进路边的书店,虽然我不懂外文,不懂也要买几本。不如此,岂不是白来?访问一个城市,是一定要去这两个地方,书店和饭店!

看报纸

那几年,有给报纸吓神经的,进了厕所,先看看坑里有没有擦拭过屁股的报纸,如有,马上挪一个坑儿,还有,再挪一个,如果还有,那就再挪,弄不好要拉一裤子。那几年,报纸的功能一是看;二就是擦屁股和引火,也有用报纸卷烟卷儿的,也得看看报纸上有没有正经东西,比如,伟人的像。如果有,那就找没有的。关于报纸惹大祸的事不讲最好,是,让人一讲一戚然。如有名有姓地把那些事写出来,想必会是近百年来文字狱的最好材料!因为报纸,不明不白,给拉去挨枪子儿实在是太冤。所以说,报纸不是什么好东西,要了多少人的命。

那些年,会时不时地接到命令要防空,那时候的防空也简单,也就是裁了报纸往门玻璃和窗玻璃上贴。这是街道上的事,街道干部带头,一伙子女人,有说有笑地打糨子,有说有笑地裁报纸,但笑声突然一下子没了,人们的脸都一下子白了,裁好的报纸上出现了伟人的一个耳朵,出现了伟人的半拉脸,出现了伟人的一张嘴或一只眼！大家你看我我看你，大家都在裁，也不知是谁裁的，所以也只能赶快烧了重裁。那时候，要想找几张没伟人像的报纸还不好办，报纸上几乎天天都有。如果连着几天没有，人们会纷纷猜测，互相打问，是不是出了什么事？

那一年，我和山东作家西波在太原的街头往饭店赶饭，那几天的《太原晚报》正发我的散文专栏。西波走着走着发现脚下踩到了一张《太原晚报》，他就和我打赌，说如果这张报纸上有我的文章或名字，就由我来请客。把脚下的报纸拿起来看，结果是我输了，上边果真有。人们看报，看完了，随手一丢，落在人行道上任人踩。既在报纸上露脸，你就得有这个肚量，你要想明白，人家就是拿去擦了屁股，你身上也未必就会少斤短两！

有一阵子，我看到报纸就发愁，单位里念报总是我的事。那时我还负责写材料，领导是老干部，很老了，一脸鸡皮。材料写好了，送上去，第二天准保不行，他会对你说，怎么能这么写？这地方，再改改，这地方，再改改。他随手指些地方要你改，其实他识字不多。后来的事是，我一字也不改，也不重抄，隔一天再拿给他看，他看一晚上，第二天会说："这下改好了，可改好了！"我念报纸，那时候总是念社论，那时候的社论怎么那么多？又臭又长的社论真是又臭又长。念得我烦了，我忽然无师自通。我来个跳着念，一跳就是一大段，一下子隔过一大段，内容上应该像是有些接不上了，但谁也听不出来，报纸很快念完，大家都皆大欢喜，都说今天念得省时间，好！

我父亲病了，病得很重，但他还记着他的《参考消息》，他躺在医院的病床上要我把《参考消息》念给他听,还神情极为严肃地对我说:"上边的事,别对别人说!"那时候的《参考消息》不是一般人所能看到的,能看的人看完还都要照数上交,一张也不能少。所以在各种报纸里,我最讨厌《参考消息》。现在年年订报,偏不订它。那时候,我的一个邻居,姓周,有一天找我和我商量一件事,像是发生了什么严重的大事,小声对我说:"能不能把你爸的那个报给我看看?就那个报,那个报。"晚上,我把《参考消息》拿给他,第二天,他把报纸再藏着掖着还给我,像是特务接头。特务接头也大不了如此。

报纸除了看,还能做不少事,买一只烧鸡,用报纸包包。生炉子用报纸引个火。刷房的时候用报纸折个纸帽子。那年下乡,没书看,我躺在火炕上两眼朝上看了一晚上的报纸,那间屋的仰尘是用旧报纸打的,都发了黄,上边都是些过去的新闻,过去的社论和过去的消息。一个人躺在那样的火炕上,两眼望天地看头顶上的旧报,真让人有隔世之感。这样的仰尘真是有文化,上边该有多少字!这些报纸隔几年取下来的时候还会有用场,就是用来糊笸箩,手巧的可以糊个有盖子的,手不巧的可以糊个没盖子的,赶上家里办事画墙围子,还可以请小油匠把糊好的盒子油一油,用来放针线也可真好看。

那时候的报纸可真有用。

有时候我会想,到什么地方去找个手巧的老太太让她用报纸给我糊个文具盘,上边里外都是字,多别致。但想归想,这样的老太太现在找不着了。有人对我说她们的那一手也要有功夫,她们的功夫都是打铺衬打出来的!

　　现在的报纸是越来越多，但看报的人像是越来越少。报纸上讲的事和人们知道的事往往对不到一起！但和几十年前相比，它有一样好，起码，没有被报纸吓神经的。我周围的人，现在包东西也不怎么用报纸，去厕所，就更不会。

民间告示

说到文字的清宁率真,还要数那种民间到处可见的"寻人启事",或大事小事都想要人知道一知道的招贴。我小时候,常于街角胡同里看到的一种人家的招贴,也只是家里的孩子到了夜里会不停地啼哭,那时医疗的条件并不怎么好,便有人写了招贴贴出来要路来路往的人念一念,据说被大家一念,那孩子就果真不会再哭了,也是大家都关心过了,再哭也会不好意思了,想法是模糊的,也说不清是何道理。那招贴上的话也就这样两句:"天皇皇,地皇皇,我家有个夜哭郎,过往行人念一遍,一觉睡到大天亮。"这几句话被众人都念一念便像是有了法力,便像是你做了什么不太好的事,大家都在说你,你便知道错了,错而必改了。

鲁迅先生住北京阜成门的时候,有人常常在他窗外的墙下就小便起来,鲁先生是不写招贴,而是准备了一张小弓,瞄准了,要射他一射,想一想,也只好射到那人的屁股。但鲁迅先生的日记里没有写一共射了几次,或其他细节。

非但是中国人，随处小便的事到处都有，我在克罗地亚，早上起来，偏想看看对面银行的工作人员是怎么样开展他们的一天工作，却看到他们端了咖啡，拿了烟灰碟，再拿了报纸坐在窗前看起报来，这一看就是老半天，悠闲得很，完全不像是上班的样子。这一边既无味，便再看另一面的街景，对面楼上的主妇已经醒来，一个胖妇人，周身鼓鼓的，正在浇她的花，她的阳台几乎就是一个花园，养了许多的花，但也一盆一盆的照例都是天竺葵，她一盆一盆地浇，用一个喷壶。也就是这个时候我看到下边街角有个小伙子在小便，像是刚刚跑过步，脖子上搭着一件运动衣，就站在街角即兴方便起来。

关于男人的随地大小便，到处可以看到写在墙上的抗议。无非是"禁止小便"之类，这样的四个字是语焉不详，或就是再明确一些："此地禁止小便。"这样也不妥，好像是话外有话："你别在这里小便，别处随便。"

关于这方面的招贴，最雅的莫过于那一年在天姥山看到的一张。那次先是看民居，都是庭堂敞阔，而且没有关门闭户一说。我感兴趣的是厨房，厨房最可以看出人们的生活状态。然后我才注意到贴在门上的对联，年已早过，时近初夏，那户人家的院门上贴着梅红的对联，也只剩下下边那一联，却真是雅："门对青山分外娇"，既写实也切题，这个"娇"字用得分外好。天姥山山上的人家开门便是山，真是真正的风雅往往并不在书斋里。然后就看到了贴在墙角的禁止小便的招贴：

"请你莫在此地随意小便，要在此地随意小便小心娶不上媳妇,就是娶上媳妇也生不下男孩,要是生下男孩也可能考不上大学!"

　　此招贴可谓清宁率真;且有开导之意在里边,是殷殷切切。

随身口琴

有一个时期,口琴的吹奏声对我而言简直就是天籁,说到口琴,我总觉得它不是乐器,不是乐器又会是什么呢?这么一问自己,又像是说不来了。我的哥哥,年轻的时候,总是在那里吹,吹,吹。不单单是他一个人吹,他的朋友,也都是每人一把口琴,常常革命党一样偷偷聚在一起吹,好像是,那是那个时代的时尚。想想看,三四个年轻人,每人一把口琴在那里合奏着同一支曲子,口琴本身是金属的味道,声音有几分像手风琴,但来得更清清泠泠,几个人用口琴合吹一支曲子,拍子就十分重要,四三拍子的曲子那时候好像是多一点,那亦是那个时代的节拍,一昂一昂,一挺一挺的:"呜哇哇——呜哇哇——呜哇哇——"是这么个意思,这节拍,不但让听的人想动,吹的人已经先在那里动开了,肩头、身子都在动,捂着口琴的那只手在那里像鸟的翅膀一样一张一合一张一合,是要那口琴发出它本身并不具备的颤音。吹口琴的人的肩头、身子还有那只捂着口琴的手一旦都动起来,那简直是全身运动！有一支曲子，说曲子好像是不太准确，实际上应该是一支歌，这歌的歌名我至今记着：《革命人永远是年轻》。以我的感觉，这是一支听起来让人多多少少有些落落伤感的歌曲，说伤感也许有些不准确，这支歌其实很好听，不那么热烈，甚至是抒情的，但却有着无比的惆怅在里边，是有感于青春的易逝？还是对"永远是年轻"的质疑？是有些冷！是让人说不来。我常常问自己，这支歌本应该是热烈，本应该是一往无前的情怀，怎么会这样？怎么会这样让人伤情？音乐这东西就是这样让人说不来，也许是口琴吹奏的缘故？

那次在格瓦拉烟斗坊，那烟斗坊，是明明暗暗的，人坐在里边，要好一会儿才能看清对方的脸，是地下党接头的那种气氛，这种气氛让人放松，亦让人紧张。我的朋友，忽然来了兴致，要给我们唱歌了，他是民间音乐工作者，在北京很混过一阵子，还在大上海混过一阵子，但最终还是意兴阑珊地回来，这就让他多多少少有些莫名其妙的受挫感。他取来一把吉他，然后是，一把口琴，他要同时吹口琴和弹吉他，那把重音口琴，给我的朋友固定在一个金属架子上，这架子可以套在头上，这架子一旦套在头上，正好能让嘴够着，这样一来两只手就给腾了出来。他就这样一边吹口琴一边弹吉他，是什么曲子，记不清了，是一首一首连着吹下去，是时下的，摇滚的，热烈的，有那么点热烈得不着边际，是没有内容的热烈，这可能就是中国二十世纪九十年代摇滚的特征。吉他的声音混着口琴的声音让我再也捕捉不到以往那种感觉。忽然，我的朋友换了花样，节奏一下子大变，是："呜哇哇——呜哇哇——呜哇哇——"我忽然忍不住乐了,那个渐渐远去的时代,忽然一晃,就像门口那个瘦削的青年,吹着亮丽的口哨,身子一歪,进来了,他不但进来,还把外边的光一闪也带进来一些。整整一个时代的感觉,就在那一刹那凝固成了这么一个形象。

口琴这种乐器,可能是乐器中最小的一种,放在口袋里,随时拿出来吹吹,是音乐与人同行,你在口袋里放着一枚口琴,简直就是装了一些轻音乐在身上。还有一次是我在去南京的火车上,我的对面,坐着一个长相是南方的青年,白白净净,背着一个打得很紧的行李卷儿,那行李卷像是对他有无比的重要,乘务员连说了几次,他最终还是没把那行李卷放到行李架上去。乘务员来干涉了,他把行李卷儿也只放到上边一会儿,隔一会儿,乘务员一离开他就又把那小行李卷取了下来,车厢里乘客很少,几乎是每人都可以找一个座儿横躺到上边去,我在这边,这个青年在那边,后来他也躺下来,头枕着他的小行李卷儿,他在身上摸啊摸,把什么东西取了出来,是口琴!金属的闪光,绿色塑料的吹口,吹口上有细细黄色铜条的簧片边沿。他忽然吹了起来。在这时候,他吹奏什么曲子都不重要,是口琴的那种韵律让人一下子轻松而愉快了起来,他亦是把一只手在那里松松捂着,那只手亦是鸟翅膀一样一张一合一张一合,那口琴的声音便多情地颤动起来,让人感受到一种久违的快乐。

当然是我个人的感觉,这车厢里的口琴声让我想起巷子里石板上雨后的月光,琳琳琅琅闪闪烁烁,或者是游移的一线又一线,而且,这光亦是"呜哇哇——呜哇哇——"地跳跃起来。

手风琴与吉他

手风琴是什么时候传到中国的呢？好像是与传教士有那么一点点关系，我把这话对我的哥哥一说，我哥哥就笑我浅薄，说传教士唱圣歌是用脚踏风琴或管风琴。但中国的教堂里一般没有管风琴，大鼻子黄头发传教士大多都用脚踏风琴。演奏脚踏风琴，要运动项目一样地全身都投入，脚在那里踩，手在那里弹，嘴在那里唱，人必须端坐在那里，四肢却要忙个不亦乐乎。我的音乐老师，名叫何宝芳，是个高个子，人长得真是漂亮，她教我们音乐，总是一边弹着脚踏风琴，一边唱着"多来米""多来米"。因为总是在一遍遍地教学生唱"多来米""多来米"，她的嗓子就总是哑哑沙沙的，但我喜欢。我记着一次联欢，她站在台上，兰花样的两只手交握在胸前，紫丝绒的漂亮旗袍简直要放出光芒来！那天她唱的是一首"我家来了个胖嫂嫂"。那时候人们的生活还很困难，富足的标准就是胖，当时有一种烟，牌子是"大婴孩"，就是一个胖娃娃在那里爬着。那个年代是瘦人的天下，人人都很瘦，吃粮要供应，吃菜也要供应，食油一个月每人四两也要供应。想要胖，没那么容易。就像现在的人想尽了法子让自己瘦却也没那么容易。

就是我的这位何老师，后来上音乐课改用了手风琴教我们，这样就省力了多，起码在我们看来。说到手风琴，我就很想念我的这位何老师，我知道她现在闲居在北京，已经退了休。她拉手风琴的时候，脸侧着，嘴会时时跟着曲子一下一下动，好像是为她的手使劲，但丝毫不影响她的漂亮风度。手风琴像什么？好像是不太像乐器，倒像是一种机器。我们熟悉的乐器总是有两根弦子在那里给紧紧绷着，被马尾的弓子摩擦着尖锐地响，或者是笛箫，用指头把出气的小筒堵了或放开就呜呜地发音。我们熟悉这样的乐器，植物和动物的结合体，竹子、马尾还有大花的蟒皮。而手风琴呢，简直就是机器，好像它就是欧洲工业革命时期产物的代表。有风箱，拉开，合住，再拉开，再合住。黑色的小圆钮键子和一排一排黑白相间的长键子上边跳跃的是演奏者白白的灵活的手指。手风琴演奏的音乐总像是有一个乐队在那里合力协作着，声音亦是复合的，所以，二十世纪五六十年代手风琴特别被看重，有了手风琴就等于有了乐队，一个人在那里拉，大家在那里唱。歌曲总是轰轰烈烈的那种——"我们工人有力量！""团结就是力量！"节奏一律明快有力。不知怎么，手风琴总让我想起苏联文学，无论是什么曲子，只要让手风琴一演奏出来，我就会想到开遍山野的梨花和让人摸不着头脑的苏联姑娘喀秋莎，或者会想到屠格涅夫，想到《静静的顿河》或者是《白净草原》和《父与子》。这很奇怪，为什么呢？像梦一样说不清。手风琴其实是时代感很强的乐器，五六十年代是

053

手风琴的天下。公园里的露天舞会根本就离不开它，想想当年夜公园的舞会，其实亦是一种小市民纸醉金迷的味道，首先是一串串五颜六色的小灯泡像蜘蛛网一样在夜色里亮开，周围又是黑乎乎交叉的树影，再加上夜公园特有的花草气息，更让人忘不了的是晚香玉腻腻的香，主角是那成双成对起舞的年轻人，女的又总是双排扣列宁装，男的是蓝裤子加上白衬衣，白衬衣一律规规矩矩地掖在裤子里。音乐是苏联舞曲，欢快的，手风琴特有的，震响着其他乐器永远无法演奏出的那种热烈的小家子气的共鸣。手风琴是什么？简直就是一个乐队，拉手风琴的乐手的脑子真是和一般人有小小的不同，首先是左手和右手能分得开，左手按这边的键子，右手按那边的键子。苏联的那种小手风琴，小极了，演奏它的人要一蹲一蹲地跳舞，蹲下去，跳起来，蹲下去，再跳起来，青春洋溢得不能再洋溢！腿和腰上都像是安上了进口弹簧。在中国，那种小手风琴很少见，在台上演奏着的都是大手风琴，最好的是国产"鹦鹉"牌手风琴和意大利的"象"牌手风琴，七排簧一百二十贝司，猛地把风箱一拉开，好像有火车开来！多少年来，无法改变的印象就是只要手风琴一拉响，就让人多少有点伤感，有点惆怅，有点遥远，远远出现在想象中的赤松林一定是西施金笔下的松林，还有雪和雪橇，也一定是列维坦的画面。再近点，如近到我们中国，亦会是克拉玛依沙漠深处的油田，黑色的石油喷洒得到处都是，那石油最好喷得比美国和英国还高，那时候人们的心情竟像是赛跑，是一定要超过英国和美国才行，还照例会有一面面的红旗在风里猎猎地张扬着。手风琴令人怀旧，实在是因为它的时代感来得太强烈。过了八九十年代，手风琴简直就从舞台上退休了。九十年代开始的奢华的生活作风让人们摒弃了这简单的乐器，人们欣赏交响乐的气派，而音乐要有"金碧辉煌"的气派，非交响乐办不到。首先是台上那一大片的乐队就让人兴奋得像是喝了酒，小提琴、中提琴、大提琴、长号、圆号、拉管、钢琴、竖琴。各种的乐器令人目眩神迷，再加上灯光和亮亮的金属指挥棒。人们不再理会手风琴，手风琴退休了，老掉了！人们到此时才明白原来它竟是一种快餐样的乐器，是无产阶级的乐器，是群众的乐器，古典的交响乐会用到它吗？不会。它只配出现在街头和群众聚会上，出现在苏联革命的电影里。手风琴被尘封了，但更加令人怀念了。

在中国，起码有两种乐器是具有强烈的时代感。一种是手风琴，另一种就是吉他。吉他出现在我们家里是二十世纪七十年代末的事，我哥一时还叫不出它的名字，试试探探地叫它"六弦琴"，结果是叫对了。那是一把华贵得让人头晕的古曲吉他，调弦的旋钮上装饰着珠光闪闪的贝壳，还有别处，也镶着珠光闪闪的贝壳，富丽得有些不着边际。吉他其实是青春浪漫的乐器，夜晚的街头，铮铮铮铮地在那里响着，一如月光下的流水，不汹涌，微微有点涟漪，涟漪上还有点点的月光，吉他就是这样，吉他永远是青春期的温情脉脉，不会暴风骤雨，亦不会电闪雷鸣，但一定是饱含了青春期的暴风骤雨和闪电雷鸣。那六条弦上的情绪是要点点滴滴都倾诉到情人的心里去，要让那从手指尖上开出的美丽花朵在情人心里再次生根发芽！我十八岁那年，用自己挣来的工资去买了一把吉他，却是小号儿的，弦间的距离太小，总是弹这根弦就会碰到那根弦。我用这把小号的吉他在出了院子临街的粮店边学会了许多歌，都是外国歌曲。总忘不掉的是《剪羊毛》这首澳大利亚民歌。这首歌的旋律是一种有板有眼的倾诉，不太热烈，倒像是有些疲倦了，是劳动过后的疲倦，激情没有了，只剩下倾诉的欲望——想象中的那个年轻吉他手，穿着粗布白衬衫，靠着金黄的草垛，草垛后边的天空高远湛蓝得无边无际。这首歌的旋律我还记着，歌词却大部忘掉了，只记着"只要我们大家齐努力，幸福的日子一定来到，来到"。是，多么的肯定！

吉他这种乐器，其实是个人主义的，有点像中国的古琴。是要一个人穿着磨损的牛仔裤，戴着呢子的牛仔帽，坐在老木头牛栏上弹出他的惆怅和伤感，远处应该是无际的草原，再远处或许会有一抹青山。应该是这样的情调。吉他的音响，好像是，有那么一点点像手风琴，弹起和弦来是那么个意思：铮铮铮铮，铮铮铮铮。快速的，是金属在那里喋喋不休，手风琴的簧是金属的，吉他的弦是金属的，这两种乐器都是靠金属发音，又都是群众性的，适宜出现在街头。无论手风琴的故里是什么地方，我个人都认定它的籍贯是苏联。而吉他呢，说来好笑，因为我用它来弹唱《剪羊毛》，所以，我想起吉他就想到澳大利亚。《剪羊毛》是澳大利亚的民歌吗？好像是，也只有澳大利亚才会有那么多的羊毛等着人来剪，也只有澳大利亚才能让人到处听到剪羊毛的剪子在那里"咔嚓、咔嚓"响。

手风琴是二十世纪五十年代、六十年代、七十年代的乐器。而吉他应该是七十年代、八十年代、九十年代直至现在都被青年人喜欢着的乐器。手风琴到现在也没有灭绝也不可能灭绝，但人们对它的热情毕竟无法与当年相比。吉他终于从民间走向了舞台，吉他亦是一种快餐乐器，只是普通的吉他现在都换了电吉他，所以，民间的那一点点情绪才被猛地扩张了。一个人在台子上弹唱，上千的青年在台下跟着激动呼号左右摇摆。而那演唱者的手里却始终只是一把吉他。

乐器也是有成分的，就像人，在二十世纪五十年代人人都得有个成分，不是地主，便是贫农。如果给乐器划分一下成分，手风琴和吉他一定是平民出身。而钢琴和小提琴还有中国的洞箫和古琴却说什么都不能给它划分到平民里边去。不过手风琴和吉他这样的乐器就不太好划成分，因为它们是外国籍的乐器，而我们中国人是向来不给外国人划成分的。

榴莲记

榴莲吃多了容易上火，有一阵子我吃榴莲吃得很凶，一天一个，有人告诉我一个避免上火的办法，那就是吃完榴莲再接着大啖苦瓜，我即使爱吃苦瓜也不会这么做，一会儿甜，一会儿苦，那又何必！记不清是在哪个机场，有很大的字贴在那里以提醒乘客："不许带榴莲登机。"我想也没人太喜欢带几个榴莲到处旅游，再说，天南海北，只要你想吃，到处都可以买到此物。人在旅途带几个榴莲也不方便，扎手且不说，榴莲的分量也不能算轻，其味道受欢迎不受欢迎还在其次。说实在的，我现在说不清榴莲是好闻还是不好闻？我喜欢吃，所以好闻不好闻对我无所谓，闻久了，好像有那么点儿好闻。我爱人不吃榴莲，她能容忍那种味道完全是"爱屋及乌"。隔一段时间她会给我买一个，我在那里吃，她亦看着高兴。

各种的水果里边，榴莲最像是奶酪，尤其是那种熟好的，味道简直神似，口感就更加神似。闭着眼吃榴莲，把吃过的奶酪——

想过来，但就是想不起来它像哪种奶酪？权且把它称之为"植物奶酪"也罢。好的榴莲，吃得时候吸就是，或者是用小勺一勺一勺舀。榴莲这种水果像是可以当武器，碰上贼人，无分大小，举一个当头一扔，那人至少得住几天医院。

有个朋友对我说，我送你两个榴莲，你给我画一个榴莲怎么样？我说这有何难？还不就是个榴莲，又不是原子弹，再说原子弹也有人画过。但一旦真画起来，榴莲还真不好画，加点赭石，再调点藤黄，画出来还是不怎么好看，别扭，怎么看都像是古时的兵器，或，简直就是地雷！有些东西，硬是好看不好画，比如佛手，娇黄好看，但就是没人能画得好，白石老人不知画过有多少幅，一幅一幅看过来，没一幅好。还有些东西，不是不好画，是简直就不能画，比如屎，你画一泡屎，挂在那里，看看谁还会以笔法墨法论之？但也有人画屎，是古人，竟然画在敦煌壁画上，画了一个人正蹲在那里努力，这真是有大创意，不知与佛经佛传故事有什么关联？古人把如厕叫"登东"，才女扬之水曾撰文仔细分析过。我始见敦煌的这幅"登东图"就是在她那本《终朝采蓝》里，原图见敦煌莫高窟第二九〇窟窟顶东披壁。一个梳双髻的人，褪了裤子，蹲在那里，一绺那物，已从股间出，可真是给人们开眼！这种题材，若想再找出一幅还真不好办。《金瓶梅》里有一幅绣像，可以与之为伍，见第五十四回《应伯爵隔花戏金钏　任医官垂帐诊瓶儿》，金钏蹲在那里小解，应伯爵在后边用一根细树枝撩拨。除此，我再没看到过这方面的力作。当代美术除外，当代的行为艺术就更要除外。

榴莲树很高大，一个一个的榴莲直接结在老粗的树干上，想想也对，它岂能结在细细的枝上？那么大，还不把树枝都压断。采榴莲，一个人在树上往下扔，另一个要用网兜在下边兜住，要是兜不住落在地上，当下会"啪嚓"四裂。在国内，一般吃不上好榴莲，能吃到嘴里的榴莲，都是在路上养熟的，要是完全成熟了，在路上会自己裂开烂掉。在泰国，普遍认为，一个榴莲顶七八只老母鸡！在那边，好像是生孩子都要吃榴莲。也许是传说，有待一考。

我以为榴莲是世上最妙的水果，妙在香臭之间，妙在入口完全不像水果。

青梅煮酒

梅和杏不是一回事，青梅可以泡酒，而且是古已有之，如炮制成中药，就是乌梅，没事含一粒在嘴里，止渴生津。杏子和梅子差不多。但一旦黄熟，杏却要比梅子大许多，吾乡以北阳高一带出好杏，品种亦多，但最好吃的是外皮青绿、杏肉红黄的那种，是上品，不易得。梅子和杏子之间的区别以范万大的一句诗似乎可以说明："梅子金黄杏子肥。"大致如此。说到青梅，日本人好像离不开此物，饭团子上总是放一个盐渍青梅。

说到青梅酒，一般度数都不会高，酒席上的轰饮斗勇宜烈性酒，而泡青梅酒最宜绍兴酒或日本清酒，度数低一些方显其温良。那一年在新昌山间喝立波夫人做的杨梅酒，度数亦不高，山间风清，酒味醇正，让人至今不能忘记其味。在国外，常见梨酒，每只酒瓶里都有一只很大的梨子，梨子是慢慢在玻璃瓶里长大的，这样的梨子与别的梨子有不同的风霜雨露，因为酒瓶里有梨，所以喝的时候总觉得像是有那么一点点梨子的味道，其实未必。穆涛说他的父亲总是在黄瓜刚刚开始生长的时候就用酒瓶子套好，俟其长大后用以泡酒，滋味想来也不恶。薄荷也可以用来泡酒，新鲜的薄荷叶子，直接泡在酒杯里就可以。我家的南边露台上种了许多盆薄荷，吃面条儿，喝薄荷茶，有时候朋友来了喝酒。现在的酒度数都不会太高，大玻璃杯，倒半杯，再把薄荷叶子放进去，过一会儿再喝，挺好，如果放半年一载，颜色纯绿，会更好。

以青梅煮酒由来已久，《三国演义》第二十一回，曹操与刘备在一起谈论天下大事喝的就是"青梅煮酒"。曹操是个懂酒的人，"何以解忧，唯有杜康"。只可惜他替"杜康酒"白做了这么多年的宣传，至今杜康酒也没有声名大起。昔年读《曹操集》，里边所载《奏上九醞酒法》一文，讲得就是怎样造酒。曹操是个做事很认真的人，《曹操集》里有很多的"表"与"疏"都是讲极琐细的事，分香织履，各种器物都细细分条析缕。我读这篇《奏上九醞酒法》，却至今都不知道那个"醞"字是不是就是现在我们通常说的"酝"字，想必应该是。通过这篇奏文，可以想象曹操也是饮酒党，所以对造酒才会格外留意。奏文如下：

> 臣县故吏郭芝，有九醞春酒，法用面三十斤，流水五石，腊月二日清麹，正月冻解，用好稻米，漉去麹渣，便酿法饮，曰辟诸虫，虽久多完，三日一酿，满九斛米止，臣得法酿之，常善，其上清渣亦可饮，若以九醞苦难饮，增为十酿，差甘易饮，不病，今谨上献。

现在市面上的梅子酒度数都很低，在八九度之间，微微有些甜，像是果子露。但真正的果子露现在却已绝了迹。果子露也算是一种酒，度数仅在三四度之间。买一条三四指宽的五花肉，先放锅里干煸，煸到四面发黄，再用两瓶果子露慢慢煨煮，火要极小，煨两三个钟头，味道很好。做青梅酒，如若急着想喝，有一种"急就"的方法，就是把青梅洗净遂个敲裂，然后泡在酒里，几天后就可以喝到嘴，酒色偏绿，但味道不那么醇厚。梅子酒是越放越好喝，放到后来，酒色转做黄色味道就更好。做梅子酒也可以不加冰糖，但上口苦涩，别是一种风味，苦寒之味也可以算是一种风味。一如赴台终老的台静农先生说过的那种"苦老酒"，但泡几天就喝的青梅酒味道是既不"焦苦"，其酒色也不黑。

在博客上看"二月书房"在做梅子酒，用的像是高度的二锅头，做了像是有几小缸吧，到了年底，应该冲风冒雪地赶去喝几杯。度数高的梅子酒以前还没有喝过，也不知加了冰糖没有？说实在的，味道稍苦的酒也挺好喝。

闲话瓜子

我不喜欢嗑瓜子,客人来家也从不准备瓜子。一般待客只用茶水和水果,苹果或橘子。我那年冬天下乡,房东动辄会给我炒葵花子和倭瓜子,在锅里"哗啦哗啦"炒熟端上来,来找我说话的人都坐在炕沿上,一人手里握一把,一边嗑一边说话。客人走了,地下的瓜子皮一扫就是一簸箕,房东把瓜子皮倒在炉子里,炉火会好一阵子"烘烘烘烘、烘烘烘烘"。房东问我怎么不嗑瓜子?我说我不喜欢,房东看我好一会儿,说干坐着?嘴里又没个东西?不好受吧?你又不抽烟?我说我不抽烟不嗑瓜子但我会喝茶!

鲁迅先生是嗑瓜子的,萧红在她的回忆文章里说鲁迅先生总是和客人一边说话一边嗑瓜子,瓜子放在一个铁皮饼干盒子里,嗑完了一碟,鲁迅先生会要求许广平再给来一碟。鲁迅先生的胞弟周作人说他小时候玩过用三四片瓜子互相夹在一起做出的小鸡。我小时候没玩过这种东西,也从来都不会在口袋里放些瓜子一边走一边嗑。但我经常会在院子门口见到一两个女人站在那里一边嗑瓜子一边说话,这让我想起《金瓶梅》里的潘金莲。兰陵笑笑生不愧是细节大师,《金瓶梅》一书中光嗑瓜子就写有好几处,一处是月娘带众女眷看放烟火,潘金莲在楼上把半个身子都探出去,一边嗑瓜子一边说说笑笑,并且把瓜子皮扬到楼下去,惹得下边的人两眼不住地只是看她们。另一处描写是潘金莲站在门口东张西望嗑瓜子卖俏,卖给谁看,记不大清了。读《金瓶梅》的时候,我常想,古今中外的长篇小说里写到嗑瓜子这一小细节的还有哪几部书?一时还真让人想不来。《金瓶梅》中不单单写潘金莲嗑瓜子,还写到蕙莲买瓜子,蕙莲有了银子,烧得不行,总爱打发小厮到门外去买瓜子,一买就买许多,和下人们一起嗑。嗑不到瓜子的人还大有意见,嘟着嘴,不愿扫那个地。

我的一个朋友是电影导演,有一次我们赶去"老杨魁"吃白水羊头,他说他正在拍一部延安时期的片子,这几天拍到毛泽东和外国友人谈话的场面,"怎么拍都有点干巴!"我这个朋友喜欢用"干巴"这两个字。菜炒不好,他会说"有点干巴!"澡洗得不合适他也会说"他妈的,身上怎么还有点干巴!"看小说,如他不满意,也会说:"他妈的,这是怎么写的,怎么有点干巴。"他说毛泽东和外国友人谈话这场戏有点干巴。我忽然就想起瓜子来了,我说那怎么不让他们一边嗑瓜子一边说话?后来在片子里果然出现了瓜子,场面顿时不干巴了,活泛了也好看了,是延安时期的生活,毛泽东穿着灰色的胖棉袄,让人看着就亲切。

往昔过年,家里总是要买瓜子,算是年货之一,而且是大宗。平时家里可以不给客人瓜子,但过年就不能这样,不给客人端瓜子好像简直就不是过年。我的母亲节俭一辈子，平时吃倭瓜挖出的瓜子不用说都会晾在外边的窗台上，有时候连西瓜子也晾。那时候吃倭瓜多一些，尤其是到一深秋，要买许多倭瓜回来，倭瓜多，瓜子就多，晾干的瓜子母亲会把它们收起来，到了年底会总炒一回。倭瓜子不像葵花子那么碎叨，最碎碎叨叨的是那种黑色的葵花子，又小又不好嗑，嗑完这种瓜子，两片嘴唇都是乌黑的。这种黑瓜子不好嗑，但它开花却好看，花盘子上满是茸茸的花瓣，和凡·高画的那种不大一样。葵花的学名是"向日葵"，但现在的葵花被化肥弄得不会向日了，一时找不到方向了。

网络画家有画葵花子的，画出来，居然大有水墨的味道，当代艺术真是奇巧百出，什么都可以画，也敢画，白石老人是从不画瓜子的，画瓜子有什么意思？是没什么意思。

我不喜欢嗑瓜子，但这不妨碍我喜欢向日葵。向日葵是什么时候传入中国的？查查与植物有关的书籍，最早见于明代王象晋所著的《群芳谱》。王象晋的《群芳谱》于1621年问世，《金瓶梅》的出版依吴晗先生的说法应该在万历中期，如以万历二十四年（1596）算，要早于《群芳谱》二十多年，相信其时向日葵在民间早有种植。民间把向日葵又叫作"向阳花"或"朝阳花"。如有院子，沿院墙种那么一圈儿，还真是好看，可惜我们现在都没有院子，阳台上又没法儿种。

煮雪烹茶

这几年，不知为什么，北方的雨雪总是没有南方的多。若喝茶而论水，雪应该是上品，下雪的时候，如能扫些雪用来泡茶算是一件风雅事。住在城下居的时候，一位茶友支持我的这种想法，要送我大瓮以储雪水，这位老兄开酒坊，有的是那种黑釉大瓮，那瓮有多大？要比武松把蒋门神的老婆扔到里边的那口缸还要大。古人喝茶，水为第一品。《红楼梦》第四十一回，妙玉说她旧年用"鬼脸儿青"花瓮蠲得那一坛子雪水是从玄墓梅花上收的，在地下足足埋了五年，夏天取出来，才只喝了一次，这样的水，一般人喝不到。

今年我随朋友去南京明孝陵看梅花，连着去了两次，头天看了一回，第二天准备去大行宫，想不到车行路上大雪忽然纷飞了起来，朋友便急命司机掉头再回明孝陵，这一次可真是有眼福，既看了雪，又看了雪中的梅花，从雪一点点下到梅花上到下得满树都是。论好看，雪中看梅还数红梅好，红梅、白梅、粉梅再加上绿萼，在什么时候开，要什么时候看，是各有胜场。我在雪中看梅，又想到了以雪烹茶，心想，这要是收取梅花上的雪，还真不好弄，用什么收？小扫帚？大号的毛笔？或是用香道的羽帚？但想归想，一棵梅树一棵梅树挨着来，一瓮雪水该收到什么时候？这应该是文学作品中的想象，实际的要来那么一下子，不大可能。从南京看梅花回来，时值清明，吾乡大同忽然漫天飞雪，恰好南方的朋友寄来了新茶。新茶和雪还真不好碰在一起。有新茶的时候未必有雪，下雪的时候新茶未必下来。既有雪而又有新茶，真是不亦快哉！遂招朋友，煮雪烹新茶。

说到喝新茶，明清两代，一过清明，最先到京的叫"马上新茶"，是凭着快马送来的，当然能够享用这茶的人不是一般人。一般人也享用不起。而现在动辄是空运，南方的水果和鲜花运到北方要怎么鲜有怎么鲜，更甭说是茶叶。有好茶，还得有好水，雪应该说是天然的蒸馏水，自然干净。《金瓶梅》第二十一回："吴月娘见雪下在粉壁间太湖石上甚厚，下席来，教小玉拿着茶罐，亲自扫雪，烹江南凤团雀舌芽茶与众人吃。"其实这也是文学作品里的事，太湖石上的雪甚厚，地下的雪想必也不会薄，吴月娘一双小脚，踩那样厚雪去亲自扫，真还让人担心她不小心会滑倒，盛雪的又是那么个茶罐，想必也大不到哪里去，那点点雪煮水烹茶怎么能分给众人吃？《金瓶梅》写的是明代事，按照吴晗先生的说法，《金瓶梅》成书年代应该在万历中期，万历朝整整四十八年，从中期二十四年也就是丙申1596年，往下数到现在也已经整整四百一十五年。四百一十五年间，世事再加上人事，变化再大也出不了"柴米油盐、琴棋书画、七情六欲"这十二个字，物质和精神都包括在内。科学再昌明,人类生活也脱不掉这十二个字。但想不到的是,世事与人事变化不大,雪却已经不再是吴月娘扫取过的"太湖石上甚厚的雪"。

吾乡今年清明之际的这场雪下得算大,一夜之间差不多够一尺。为了喝新茶,朋友去西山取雪,把雪的上边那一层拂掉,也不要最下边的那一层,取回数桶放屋里让它慢慢消化。但想不到洁白的雪一旦化成雪水,下边居然会有一层沙尘一样的东西,接下来是"做水",汪曾祺先生写曾在一篇文章里写作"坐水",是动词。我以为应该是"做水"。可以泡茶的水是做出来的。几个朋友应邀而来,怀着极为古典的心情,品过之后却都大叫不好,以雪水泡出来的茶是金属的味道夹杂很重的土的味道。再用罐装纯净水把茶重新泡过,再试,舌间方找回新茶的感觉。

吾乡大同现在无好水,若说品茶,北边永固陵旁边万泉河的水还算好。这条河现在是其细如脉时断时流,以此水泡茶,鲜有异味。还有就是云冈石窟的东边,是哪一窟?记不大清了,有一泉自窟中出,其细如丝,其水清洌。即使是炎夏,以手掬水,如握寒冰。

水之好坏真是比较出来的,即使是虎跑的水,像是也比不过现在瓶装的纯净水,或许这个世界正走向衰败,雪水的苦涩与泉水的不再甘洌与人类对大自然的破坏分不开。这简直是一定的事。我现在喝茶,多用纯净水,开一瓶,不够,再开一瓶,这是绿茶。喝红茶就直接用自来水,吾乡之自来水还好,比盐城的水要好到天上,赞一句:是真水无香!

德合堂杏子酒

吃过杏子,夏天就快要过去了。

杏子是季节性的水果,不像别的水果,现在几乎是什么时候想吃都有。但杏子就不一样,到了冬天,你想吃杏子,就只能来一个罐头,或去吃杏脯,绝不会有冬季的杏子给你吃。长这么大,我还没有在冬季吃杏子的经历。就像荔枝是岭南的水果一样,到了北方,你几乎找不到荔枝的踪影。杏子是北方的水果,南方好像没有,岭南就更没有。杏花开起来和梅花差不多,但花朵像是要比梅花丰肥一些,但就是不香。杏花的颜色就一种,粉白色,没见过有红色的杏花或纯白的杏花,黄色的就更没有。但结出的杏子却有很多品种。过去屋前屋后种的杏子多为土杏,个头不大,味道偏酸,这种杏子黄熟了吃像是还不如青涩的时候好吃,味道可真够酸,简直可以酸倒牙。那一年我在乡下挂职,乡里到了春天动员人们去种仁用杏,这个村种多少、那个村种多少、树苗子一共需要多少都会一一统计好。晋北春天风沙大,动辄是黄风扑面,在这种天气里去野外挖坑种树很难受。但你也只能在这个时候把树种下去，我是那时候才知道的"仁用杏"，这种杏只吃果仁，果肉没多少。那几年是年年都种，上级扶持，又是拨款又是派技术员，结果是年年种树年年死，人们也失去了信心，但到了春天还得去种，那时候有句话是：春天种树，冬天割肚。这几乎可以把乡村工作全部囊括。种树就是种树，割肚就是搞计划生育。多少年过去了，我很想回去看一看那些杏树。仁用杏在我们那地方很不好活，就是活下几棵，也会给山羊吃了。在饥荒的年月里，据说杏树叶也是可以吃的。

说到杏，新疆的两种著名土物——哈密瓜与巴旦杏，杏是其中之一。还有一说是三种，那就再加上索索葡萄。索索葡萄可以入药，好像现在去中药铺还能买到，很小的一粒一粒，黑紫色。小孩儿出麻疹可以用来发表。谁家小孩儿出疹子了，憋得满脸通红，家里人就会打发人到中药铺去买索索葡萄。好像只能用索索葡萄。人们常说"索索葡萄巴旦杏"。"索索"是什么意思？"巴旦"又是什么意思？一般人都不大会理会，也懒得去理会，但只要这么一说，许多人就马上会想到新疆，新疆是个好地方，除了杏和葡萄，还出好棉花。

吾乡大同在山西以北，从大同再往北，有出杏的好地方，那就是阳高。阳高的杏个头大，大者如小孩儿的拳头。年年杏子下来的时候都会有朋友把杏送过来，画家高英柱是阳高人，但他很少画杏花，我想什么时候应该问问他。杏花和梅花的样子差不多，可以说几乎一样，都是花落了出叶子，然后再结果，杏子的模样和梅子没太大区别。

杏子熟时麦子黄,但我们那地方不种麦子。

杏子是要熟就一下子都熟,谁都不等谁,吃不了的就得紧着做杏脯,杏脯不是我们那地方的叫法,我们那地方叫"杏干儿",现在做杏脯,可以说是新技术。新疆的杏干儿是放在晾房里让它干。阳高这一带没有晾房,放在那里晾又太招蝇子,所以民间做的杏干儿我从来都不吃,洗了也不吃。杏干儿可以做一道菜,就是杏梅肉,杏干发好,加糖,在碗里先铺一层,再把煮好的肉条放在上边,上边再铺一层杏干儿,然后上笼久久地蒸,这道菜挺好吃,酸甜可口又不腻。我把它稍加改革,像做东坡肉那样,不再用肉片,而是用一块一块的肉方,出来味道更好。

阳高一带,要说杏子好,还要数德合堂的杏子第一,一是酸甜适度,不那么甜,也不那么酸,恰好。好的杏子就是要酸酸甜甜,光甜也不行,光酸,谁也受不了。德合堂的杏子还大,七寸盘,将好放五六个,颜色娇黄好看。德合堂的杏子从不上化肥,主要的肥料是一车一车的大粪。春天上一回,夏天再上一回,秋天还要上。好的杏子,还不能光是酸甜适度,还要有相当的水分。阳高德合堂的杏子最好的地方就是水分好,不那么干。这地方把干叫做"面"。人们把太干的水果叫"太面"——"太面,不好吃。"德合堂的杏子水分好,不面,吃的时候只消用两手一掰,"叭"的一声肉核两离。德合堂的杏子在市面上是买不到的,不卖,朋友去了可以摘了吃。那一次去德合堂还喝到了杏子酒,别处做杏子酒用青杏,德合堂的杏子酒用稍稍发黄了的杏子,味道更加醇和。那一次喝,是先喝酒面,没什么特别,等到喝下去,快喝到酒底的时候,酒才骤然显出它的好来，才显出它的气味醇良，弄得大家好一阵子碰杯。

德合堂的院子很大，种有许多杏子树。明年春天，我想，花开时节，我一定要去那里看看杏花。布衣布鞋，坐杏树下看当年的杏花品去年的杏子酒，相信这是一件不可多得的美事。到时还要讨一枝德合堂的杏花回来，插案头一看。

德合堂的杏花，想来丰神不让梅花。

说虾

东北人喜欢把小的东西叫"毛这个""毛那个",瓜子儿叫"毛嗑儿",小虾米皮儿叫"毛虾",小孩儿叫"小毛孩儿",小偷叫"小毛贼"。我父亲高兴了偶尔会下厨,炒两个菜再来一个汤,会说:"汤里再给你们来点小毛虾。"喝酒的时候,父亲有时候会以毛虾下酒,但要新鲜的那种,放一小碟子在那里,同时还会有一碟子油炸花生,或者,再来一碟子茴香豆。这个酒喝得很好,是喝酒的样子。我的父亲一边喝酒一边听收音机,那时候还没有电视。小时候,我总爱在父亲的毛虾里找大一点儿的虾,大一点儿的虾有鳌子。还有就是吃一种叫"龙虾酥"糖的时候总是想把里边的"龙虾"给找出来,总是把糖剥了一块儿又一块儿,都剥在那里,可还是没找到我要找的龙虾!及至长大,第一次真正看到龙虾,给吓了一跳,好家伙,虾还能长那么大!但我以为,龙虾的肉不怎么好吃,吃刺身,也就那么回事,吃一剖为二的欧式芝士焗龙虾,还是那么回事,龙虾贵则贵矣,但不如毛虾来得亲切。

我住在城下居的时候，门口有个馄饨挑子，我经常去吃，是两口子，男人长得瘦削，整天没话，默默在那里炸他的油条，女人也瘦瘦的，但挺爱说话，她做的馄饨干净爽利，捞出来一个是一个。这两个人都是南方人，都干干净净，饮食之道，干净就是招牌，所以这两口子的买卖特别好。走遍天下，吃馄饨像是都离不开天津冬菜、紫菜和毛虾，而且这毛虾越小越好，但不能再小，再小就是虾糠了，味道在，但没看头，乱糟糟的。一碗馄饨两根油条，这样的早餐谁吃都不错。中国的早餐很多，不喜欢馄饨和油条还可以来碗小米粥外加两个菜包子，我比较喜欢吃菜包子，雪菜包子、鸡蛋韭菜包子，还有就是虾米皮小油菜粉丝的那种。鸡蛋和虾米皮严格说不能算是素，但喜欢吃，都说它是素，你也没办法。北方人，习惯把不是肉包子的包子统统都叫作素包子。

虾的种类很多，但大致分一下，不外乎是河虾与海虾两种。河虾一般要比海里的虾味道更好，虽然个头儿永远不会有海虾那么大。真正的食客，有河虾在，当然不会再去点海虾，人工养殖的基围虾现在简直是没什么吃头，两吃，三吃，白灼，怎么做都那个味儿。但河虾就不一样了，生吃的"醉虾"就必须是河虾，一盘子上来活蹦乱跳，掀一下盘子夹一只，掀一下盘子再夹一只，弄不好夹好的那只还会从筷子上一蹦再掉到桌子上。吃醉虾，最好是两三好友，少来点白酒，"洋河"或"汤沟"都行。要是一桌子十个人，最好不要点"醉虾"这道菜，七手八脚，太乱。有谁不小心把虾卡在喉咙里还得一路呼啸着奔医院。说到虾，让人十分怀念的是天津的"红焖大对虾"，对虾像是必须红焖了才好吃，也没听过有谁白灼，那么大个儿，怎么灼？二十多年前去天津，还可以吃到"红焖大对虾"，每人一只，红彤彤地端上来，桌上马上是一片喜庆。这样的对虾现在是吃不到了。渤海湾还有对虾吗？像是没有了，绝了！还有就是天津卫河的银鱼，以之氽汤，鲜美不可比方。卫河现在还有银鱼吗？我到现在都不知道卫河在天津什么地方。

毛虾是海虾，是鲸鱼的食物，鲸鱼一张嘴，不是几百只几千只毛虾进嘴，那是数不清的数！日本人不吃毛虾，欧洲好像也没听说过有吃毛虾的习惯。在中国，毛虾几乎像是一种调味，几乎与花椒、大料、葱蒜、豆酱、盐醋同列。在我家起码是这样。我最爱吃的一道菜是毛虾熬白菜，这道菜要怎么简单就怎么简单，要怎么清爽好吃就怎么清爽好吃。锅里放油，俟油热把毛虾放进去炸一下，最好用干透了的毛虾。毛虾炸香再加水，然后加切好的大白菜，然后就熬吧，一直把白菜熬到稀巴烂，这道汤菜就好了。是既有汤又有菜，既好吃又家常。是太家常了也太好吃了，是吃米饭的菜。毛虾分鲜毛虾和干毛虾两种，吃这个菜，最好是干透了的毛虾，鲜毛虾不能这么吃，有腥气。有时候，晚上，不怎么想吃饭，我会给自己炸一小碟子毛虾，用一个馒头蘸上吃，简单好吃！

现在是，虾越大越不好吃，因为都是人工养殖。

我还没听过有人工养殖毛虾的，毛虾的学名叫"磷虾"，它们的老家在太平洋，太平洋太大，不好让人打养殖的主意。我们常吃的毛虾又叫"中国毛虾"，它们的老家在黄海。黄海也不算小，那么大，还真不好用来做养殖场！

吃烧鸡

苏联诗人马雅可夫斯基有一首极短的诗,只几句,相信人人都可以背得下来:"喝喝美酒,嚼嚼松鸡,你的末日到了,资产阶级!"当年真不知有多少无产阶级的苏联人在心里念着这首诗冲向了前线,或者是冲到了贵族们品啜下午茶的客厅,名贵的细瓷描金茶具一时"叮当"俱碎,闪闪烁烁化作满地碎片,瓶花也不再安妥若梦,纷纷零落,成了满地令人不堪回首的历史!苏联革命,几乎杀光了沙俄时期的贵族。现在捧读历史,倒一时不知道"贵族"二字究竟该怎么解释?再读一下我们刚刚过去的历史,也不能明白要一部分人"先富起来"是什么意思,是不是让他们先行一步去做贵族?但要知道做贵族光有钱不行,先富起来也只能说是先有钱起来,并不能说先贵族起来。说到马雅可夫的这首小诗,我宁可诗里的"松鸡"不是松鸡而是"烧鸡"。因为没人会对烧鸡有意见,那种有嚼头的,喷香的,用松柏枝熏烤的,稍咸的,可以用手一点一点撕下来,一边喝酒,一边慢慢咀嚼的烧鸡,现在这种烧鸡几乎没了。如是两个朋友，每人来半斤高粱白，再来一只通红油亮的烧鸡，从山西最北端坐火车一直到山西之最南，路途虽不能算短，但因为有了烧鸡和酒，你绝不用担心时间过得太慢。

莫泊桑的名篇《羊脂球》，里边写到了主人公羊脂球带的那一篮子美味，里边有一道"带着肉冻的小鸡肉"，真是诱人，可以让人想象羊脂球那一双胖嘟嘟的小手当时是怎样慢慢细致地在小鸡肉上忙来忙去，她把小鸡肉拆分开让同行的每个人都吃到那么一点，到后来却落了个一人向隅不再有人理睬，只有她自己的眼泪慰藉她受伤的心灵。

与鸡有关的名吃像是也就那几样，如果把德州扒鸡也算进来的话，我们熟知的也不过符离集的烧鸡、杭州的叫化鸡、云南昆明的汽锅鸡、江南骨里香扒鸡，等等，近几年的德州扒鸡给人的印象不怎么好，鸡小不说，且都好像已经不是鸡了。尤其包装好出售的那种就更不好，软是真软，烂也是真烂，但味道是一碗温开水，不凉也不热，没什么意思。我和朋友曾为了吃一口真正的德扒，去了德州扒鸡的那栋高楼，楼可真够高，抬起头要想看到楼顶，头上的帽子非掉下来不可。但鸡还是不怎么样。我们谁希望吃鸡就一定要吃到十分软烂的？我以为那只是现代的加工工艺所致，不烂也不行，水分不大也不行，现在普遍的各种鸡水分都大，水分是钱。这倒让人怀念内蒙古卓资山的烧鸡，熏得很干爽，有嚼头，也只能慢慢嚼，也只能一点一点品，真是好吃。据说这样的鸡要熏很长时间，把水分慢慢耗掉一部分才好吃。

西方人喜欢吃鹅，南方人喜欢吃鸭，北方人喜欢吃鸡。鸡身上最好吃的部位不是鸡大腿，也不是鸡胸，而是鸡肋。马雅可夫斯基的那首诗如放在今天，人们动怒的对象恐怕也许不再是那些所谓的资产阶级，而是诗人本人。人们会说马雅可夫斯基你真不是个东西，喝点酒，吃只鸡算什么，松鸡再贵，一只也就百十来块钱。春三月长江的野生河豚动辄几千一斤，上万也有。有一顿饭吃下来就几万的，怎么他们的末日还不见到来？

吃肥肠

猪身上特别好吃的地方有两处，一是猪头，二是肥肠，是一前一后。有人不吃肥肠，细想想，我们每天吃的菜都要上肥，难道因此连菜都不吃？

洗肥肠是件麻烦事，最好的方法是用玉米面揉之搓之，把粗玉米面撒上去又揉又搓，反过来揉搓一次，再反过去揉搓一次，有用醋和碱洗大肠的，都不算得法，还有用火碱的，就更不对，这样弄出来的大肠有一股子怪味儿，最好的方法就是用玉米面，能把肥肠"洗"得很干净，该洗掉的东西都洗掉了，不该洗掉的还留在那里。吃肥肠一般都是先用水煮熟，什么佐料都不要放，煮熟捞出晾凉，切片切段加葱加蒜各随其便，从没见过有人生炒肥肠或者是别的什么做法，都是先煮熟，然后或熘或炒，或去锅里用细功夫"九转"，不知是什么人叫的"九转肥肠"这个菜名，有创意，炼丹的意思——"九转仙丹"，做肥肠用得着"九转"吗？但也不算夸张，肥肠是要用慢功夫，味道才会香浓烂糯好吃。我经常去超市买肥肠，先瞅好了，让服务员拿最厚最肥的那一段，回家和辣椒蒜瓣儿一起用猛火炒，火猛油大，把肥肠里的油逼出一些，这个菜味道很好，但我的家人都不吃，都说有味儿，而肥肠之好吃就在于那个味儿，如没了那个味儿还叫什么肥肠？每隔一段时间，我都会向我爱人请示：今天炒个肥肠怎么样？

以肥肠做包子，吃的人想必不会多，把煮烂的肥肠剁稀巴烂，葱也剁极碎，肥肠最好是趁热剁，晾凉了再包，里边放一些马蹄的碎丁儿，这样的包子真是香，但我一次也只能吃两三个。因为家里人反对，我很少在家里做肥肠包子。饭店里也好像没有卖肥肠包子的事。肥肠面倒有，吃的人也不见少，肥肠面离不开肥肠汤，如光用几片肥肠放在面条上装点门面，味道会大打折扣。但许多卖肥肠面的地方都不谙此道，北京小吃"炒肝儿"如没那点儿煮肝煮肠的汤水做主还有什么意思？肥肠面要好，一要肥肠，二要肥肠汤，吃的时候要就几瓣大蒜！正经的肥肠面做法是永远有一大锅肥肠汤在那里"哗哗哗哗"不停地开着，下好面，从锅里捞一截肥肠手疾眼快地切巴切巴，再把锅里滚开的肥肠汤浇到碗里，这就是最好的肥肠面。我从不在家里吃肥肠面，道理很简单，做不来，没那个汤，一小截子肥肠煮不出那样的汤。

做肥肠，既要油大火猛，又不可把肥肠里的油出得太净，如果肥肠只剩下一张皮，那还有什么吃头？吃肥肠的四字诀是：糯、烫、香、烂！

长这么大，我从没吃过肥肠凉盘儿，肥肠可以凉吃吗？没有法律规定你不许凉吃，但很少有人凉吃。

大筋

在学校教书那几年，学校里曾流传一个几近于下流的谜语，谜面是四个字"男女分居"，谜底是"鞭长莫及"，听者无不为之开颜。不单是中国人，几乎是所有人，无论是西方东方北方南方，对生殖器都比较避讳，一旦说到生殖器，多用暗指，或暗示。大型动物的生殖器多叫鞭，牛鞭、驴鞭、马鞭，而小动物却不能这么叫，比如老鼠，叫"鞭"就好像不那么太够格儿。山东有句骂人的话，是：小鸡巴操的！北京土话把生殖器叫做"灯儿"，有首儿歌是这样："八月十五庙门开，各种玩具摆出来，驴灯儿黑，马灯儿白，骆驼灯儿，俩人抬！"这"灯儿"便指那话儿。《红楼梦》一书中有个婢女名叫"万儿"，她另一个名字又叫"灯姑娘"，这可绝不是什么好名儿。

我没事总爱去菜市场转悠，看看卖菜的人和买菜的人，有时候走到卖牛肉的地方，卖牛肉的会小声问我，要不要大筋，今天的大筋不赖。一开始我还弄不清楚什么是大筋，后来才知道，大筋就是牛鞭，这是卖肉的专用语，他总不能开口就说"要不要牛鞭，今天的牛鞭不赖"。而饭店却把牛鞭叫做"牛冲"，也不难听，想一想，还真算是写实，那东西总是冲锋在前。卖肉的把那话儿叫"大筋"，其实也写实，一头牛给宰剥了，大卸八块铺陈在那里，那东西可不就像是一根筋，而且牛身上相信无论哪根筋都不会比它更大，所以叫——"大筋"。

我不吃大筋，我请客也从不点这道菜，有人想吃，我会对他说那就等下回，下一回要是我请客，我照旧还是不会点这道菜。在韩国，好像是特别迷信大筋这种东西，有点神秘兮兮。但在欧洲，却没这回事，真不知道欧洲的那一根根大筋都去了哪儿，我想他们的民间可能也在吃，只是我们无从深入他们的民间。我们请客，比如国宴，就没有听说上一盘"红烧大筋"的事，即使是清汤大筋也绝不会有，如果上了，且恰又被客人一筷子问到，岂不是给翻译出难题？

平城校场街西边有一清真包子铺，其牛肉馅儿包子做得真是好，里边的汤汁浓而鲜美异常，这包子要用小碟子接着吃，吃的时候先吸。闭着眼边吸边听，周围吮吸包子的声音真像是人们都在那里接吻。这牛肉馅儿包子之所以好，其秘籍就是先用大筋煮个稀巴烂，再慢火把它熬成汤汁，再把这汤汁拌到馅子里。朋友们说你不是说不吃牛大筋？这包子里就有牛大筋。我倒一时无话！至今也想不出什么话，但照吃，想不出话说就别说，但不能不吃。

牛肉做馅儿最宜配芹菜，大葱次之，很少听说牛肉韭菜馅儿。

牛肉之味得"醇厚"二字，宜以清鲜之物配之。日本人做牛肉总是往清淡了做，醇厚不起来，远没中国"红烧牛肉"的大气。中国菜可以使醇厚之物更加醇厚，直醇厚到你夹一筷子放在眼前都不舍得一下子放在嘴里，是珍宝极了。

说大酱

我不大喜欢日本料理,但我不反对日本料理的酱汤,上一碗米饭,泡之以日本料理的酱汤,再来一小碟日本料理的腌萝卜,不错。从小到大,我对大酱很有感情,小时候上学走得早,冬天,天总是还没怎么亮,早饭就是一个馒头上边抹点酱。东北人像是对大酱情有独钟,以鸡蛋炒酱,什么佐料都不放,吃遍东三省,到处都会有这么一口,这个酱就叫"鸡蛋酱",以其蘸小葱、蘸萝卜、蘸青椒都好,我母亲到老都喜欢吃生鲜的蔬菜,茄子可以生吃吗?我母亲就以生茄子蘸酱,说很好,我至今仍不能习惯。老北京,家里办事不分红白都要吃一顿面,这个面一般都是炸酱面,炸酱最好要豆瓣儿酱,很少有人用天津甜面酱做炸酱。一般炸酱都是用肥瘦相间的猪肉丁儿,我在沙城吃过一次羊肉炸酱,羊肉切很细的丝,炸出的酱十分香,菜码也简单,只一样,大白菜丝,味道之好至今不敢忘。吃炸酱面,第一要义是要有好酱,但现在是好酱越来越少,好酱是要香,只有酱才具备的那种香,而不是咸。六必居的酱现在是越出越咸，咸得齁人。就酱而言，真对不起六必居的堂号，希望六必居有所改进，让人们能吃到好酱。

北方人吃糕用黄米，南方人吃糕用江米，北方人把没有用油炸过的糕叫做素糕，一经油炸便不复再是素糕，叫什么，两个字，油糕。再多加一个字，炸油糕。乡下人问，皇帝老儿每天吃什么？乡下人的想象从来都是从自己的生活出发，质朴而动人，被问的人想想说道，还不就是每天三顿饭，顿顿油糕泡肉！在我们那地方，没人把油糕拿来和炖肉放在一起吃，炖肉是专门给素糕准备的，最好的炖肉叫"猪转鸡"，是猪肉一半鸡肉一半炖在一起，名字怪怪的。吃油糕而同时吃炖肉不只是浪费，也没那个习惯。我的岳母善做"酱糕片儿"。也就是把糕蒸了摅好擀平，在上边抹一层大酱，然后再把它卷起来，切成"驴打滚"那样的一段一段，再把它按按平，按成一个一个小饼子的模样下油锅炸，吃起来是酱香浓郁，要比别的油炸糕好吃。这种吃法别处没有。

上海本帮菜是浓油赤酱，实际上用得多不是酱油，而是调过的酱，如是酱油就挂不住。还有一道菜应该是宫廷菜——"榛子炒酱"，离开酱也不行，这道菜实实在在是给喝酒人创制的一道佳作，是一道见功夫的菜，这道菜端上桌，榛子上和小肉丁上都要均匀地挂着酱而又不能酱做一团，这道菜吃的就是酱，酱香加榛子香，搁在一起嚼，又有嚼头又香，下酒妙不可言。这道菜又叫"炒榛子酱"，是左右不离酱字。这道菜的难做还在于榛子一炒就容易裂，这道菜要好，端上桌榛子一颗是一颗。

在内蒙古吃手把肉，蘸料里往往有一碟子酱，当然你也可以蘸盐，但你就是不能蘸酱油，哩哩啦啦不好看，酱好就好在能挂得住。我炒茭白，火旺油大，出锅时我喜欢挂一点稀酱，这道菜油当然要大，现在动不动就讲为了健康要少吃油大的东西，殊不知中国菜讲究的就是油大火旺！油要小了，有些菜就没有吃头。炖兔子肉，没别的要诀，就是要油大一些，到最后汤几乎快要收干的时候就靠油把兔子肉在锅里慢慢炙一会儿，味道会更好，如果没油，白水煮兔肉，会好吃吗？有些肉是要白水煮，如羊头肉，如手扒羊肉，就不能搁油。

古典典籍上载："做酱恶闻雷。"这个恶闻雷也就是最怕下雨，晒大酱的时候赶上一阵子雷阵雨，盖都来不及盖，有时候一缸酱就坏了。《随园食单》上说的秋油，就是酱油，最好的酱油是从酱缸里出来的，酱缸里的大酱晒了一夏，立秋过后出的头道酱油就是秋油。酱油最早当然是大酱的副产品。酱猪肚、酱肘子、酱肉其实用的都是酱油，很少用大酱。我不喜欢吃肺子，口感不好，但酱猪肺我还能吃一两块。吃卤煮火烧，里边的肺子我就都会挑出去。有朋友对我说，肺是用来出气的！大肠可是用来装大粪的！他的意思我当然明白，我对他说：各有各好！我宁愿吃装大粪的！

但我没吃过酱大肠，整个中国，从南到北，不知道有没有这一口？如果有，我想一定不难吃，说不定要比酱肚儿都好。凡酱过的东西一般都好吃，不吃大酱或对大酱有意见的人我还没见过！

夏天的味道

数伏天大热的时候，离不了冲凉，但刚刚冲过凉身上又黏黏的就让人受不了。这样的难受，在山西的北部也没有多少天，一年也就一个月左右，大热一个月。即使在山西的北部，小暑和大暑，中午的饭一般都要过水，过水凉面要配麻酱黄瓜丝，或者是邓云乡说的清粥小菜，此小菜大多以保定的酱菜为好，一小篓一小篓的那种，味道很醇厚。或者是高邮的咸鸭蛋，蛋壳以颜色发青的那种为好，在桌上磕磕，用筷子把一头捅开，黄黄的油就冒了出来。在山西的北部，还可以吃小米捞饭，这种饭亦可以用凉水过一下，但白米饭就没听过用凉水过它一过。小米捞饭还可以做酸汤饭，夏天吃据说可以消暑，味道即酸，所以必定又离不开辣，要佐以辣咸菜丝。

北京的夏天食谱有这样一说："头伏饺子二伏面，三伏烙饼摊鸡蛋。"饺子是中国人的最好发明，饭菜合二为一，如果再加上饺子汤，那就是连汤都有了。初伏的饺子，还是以芹菜猪肉的为好，这时候的韭菜已经过了时，但吃新蒜正是时候。一盘饺子就几瓣新大蒜，再来一碗饺子汤，挺好。二伏的面当然要过水，但我现在住在六楼之上，水龙头里边的水要放老半天才能有凉水出来。为了吃一碗过水凉面而放老半天的水是一种浪费，如把放出来的水用盆子接了，一时还没那么多盆子，所以不吃也罢。三伏的烙饼摊鸡蛋是极家常的饭，起层的烫面饼，要烙得十分软乎，鸡蛋也要摊成薄饼状，卷在饼里一起吃。若就小米粥，有芥末墩就更好。总之夏天的饭食不宜大鱼大肉，是清淡一夏，秋后再找补。

夏天的饭食不可不提的是荷叶粥，整张的荷叶于粥快要熬好的时候铺在粥上，俟荷叶变色就好，把荷叶挑出，粥的颜色微绿，这样的粥，以大米熬为宜。荷叶粥佐以天津冬菜，喝了一碗你会再要第二碗，或者佐以油炸虾米皮，就更好。与荷叶可以相提并论的应该是瓠子汤，瓠子颜色好看，嫩净入目。以知堂老人的说法去做就好，"金钩"也不必多，只取其鲜，但也需用油炸一下，以去其腥，以增其香。瓠子切薄片，不可煮太烂，这是夏天的味道。瓠子的另一种吃法是和一球一球的面筋一起清炒，瓠子要切小块儿，这道菜颜色和味道都好，宜配白粥。

若在天府四川，白粥配"洗澡泡菜"，简直是可以祛暑。

曾见有人喝粥，把酸辣酸辣的泡菜汤兑到粥里，"嗯噜嗯噜"就是一碗。味道想必不恶。

转市场

说来也怪，那么多的市场我都不爱转，却偏偏爱转温州人开的那个小商品市场。那地方是城市的东边，是，要多乱就有多乱，但也好在它的乱，好像是，那里什么货都有，林林总总从小店里一直堆到街上来，买货的人一个一个都兴孜孜的，若是夏天，都是一头一头的汗。因为一家挨一家都是卖小商品的店，这就让人有了比较，人们买东西都爱比较，中国有句古训，就是"货比三家"，要比，就要走，这家出来，那家进去，再加上谈价，其实也没多少钱要谈，但买货必谈才是买家的态度，若不谈，不讲价，倒显得你没了诚心。小商品市场的货又都是琐屑的，绳子、钉子，或者是一个水桶，或又是扫帚和塑料布，还有老人拉屎的那种茅凳，腌菜的菜缸，这里都有，要什么有什么。因为开这种店，人也就比较琐屑，首先是嘴，不惮繁难地介绍，拿货给你看。然后是乱，但也只是你看着乱，开店的能从乱得不能再乱、像是连脚都没处放的地方，把你要的货一下子就给翻出来。到了快中午的时候，这样的小店里又要开始做饭了,温州人开店,往往是一家子都上阵,所以,中午这顿饭一般都吃在店里,有一个小角落,或者是在炒菜了,"哗啦,哗啦",是炒青菜,或者是在那里炖鱼,香味已经传了出来,那香味,是比较刺激人的。说来好笑,我去那地方,一大半的心思是想吃那里的盒饭。有的小店可以自己做饭,米饭,再来两个菜,但有些店更小,无法做,便有他们的老乡把盒饭依次地送来,也都是温州人喜欢吃的东西,做菜的材料自有温州人开的海鲜铺子供给。温州人开的海鲜铺子虽说是叫海鲜,其实什么都会有,春笋下来,他们那里马上就有了春笋,我去他们的那种店,却是要买他们的臭萝卜,不知怎么腌的,整个一个大白萝卜腌到已经不能再软,几乎拿不起来,而且臭,但放些麻油上笼蒸蒸下饭,却是香得不能再香。我总是去买一个,然后回来分两顿吃,很下饭。

　　我没事爱去温州人开的小商品市场转,有时候就买他们的盒饭吃,要比大饭店的饭菜都地道,鱼是鱼味,菜是菜味,雪菜炒笋丝或雪菜茄子,那种长茄子,不知怎么炒的,颜色真是漂亮。我就那样端个盒饭在那里站着吃,吃过,也就歇了心,或想着下次再来。那次呢,我是要买一个很大的塑料桶,因为我住的那地方经常停水,我要储水,好家伙,居然看到了那么多的塑料桶,齐我腰高的,和我一般高的或很小的都有,我买了带盖子的那种大的,可以把盖子拧紧。有多大?几乎齐我的胸高,买回去没有放水,却放了土豆,把一麻袋的土豆放在这种桶里,再把桶放到北边的阳台上去,居然一冬天没事,既不冻,也没有发芽。还有一次,我是去买篷布,想把我南边的露台遮一下,这样,到了夏天数伏的时候我养的梅花就不会被太阳晒坏。我还发愁买到买不到这种可以搭棚的布,想不到一下子看到了那样多的帆布,你随便挑,尺寸呢,你随便定。只一刻,便做好了。这帆布想不到后来却派了另一种用场,画家杨春华来家里做客,要把辽代的那个四方陀罗尼经幢带回她的南京去,四五个大男人,就是用这帆布篷兜着把佛座从七层搬到一层去。

更多的情况是,我什么都不要买,只是想去小商品市场那里看看,好像是那里的气氛和生活分外吸引我,乱,到处是人,乱,到处是货。忽然看到那种竹子扎的扫帚,有用没用买了两把,只为好看,想不到放在露台上,几乎是天天往下掉竹叶,是满阳台的竹叶飞舞。但我还是愿意去,去看一看那里的生活,吃一下那里的盒饭。我对我的朋友说那里的盒饭要比"唐人海鲜"还地道,我的朋友不信,去了一试,都说:"你怎么把那地方都吃到了?真好!"

其实在国外,我喜欢去的地方也是这种小商品市场,那次去匈牙利的市场,只为了那气氛,买了一块又一块的奶酪,已经过去了有几年了,那些奶酪动都没人动,还放在冰箱里,早已不能吃了,已经变成了一种回忆,对市场的回忆。

黄瓜酱油

晚上吃米饭，两小碗米饭，就一小碟儿腌黄瓜，然后喝几杯花茶，清淡而有味。忽然就想起一种美味来，那就是母亲的黄瓜酱油。各种腌制的菜里，黄瓜可能是第一等的清鲜。但腌黄瓜必须要用大酱，而且是好大酱，现在的大酱质量是越来越差，是一味的咸。秋天来的时候，买大量的黄瓜，不用一剖为二，完整的黄瓜先用盐杀一杀，我不知是不是这个"杀"字，但民间都这么念。把黄瓜里边的水分杀掉一部分，再晾一晾，然后入缸，是一层黄瓜一层大酱，面酱是不行的，面酱只用来蘸小葱吃北京烤鸭。一层黄瓜一层大酱地把黄瓜在缸里码好，黄瓜里边的水分就又会给大酱杀出来一部分，这时候得翻缸，民间的说法是"倒缸"，腌酱黄瓜最好要有两个缸，是倒来倒去，把上边的倒到下边，再把下边的倒到上边，不停地隔几日就倒那么一次，倒七八次吧，然后就不用再倒，缸里的大酱是越来越稀，用民间的话说，是因为"黄瓜油"出来了，依我看"黄瓜油"就是酱油的一种，只不过这酱油里的成分是黄瓜分泌出的鲜美的汁水。在古时叫"秋油",《随园食单》里就这么叫。做大酱,到了秋天,把酱缸里表面的一层酱水取出来,就是秋油。现在我们叫"酱油"。

若是吃白米饭,你什么菜也不用就,把这样的黄瓜酱油往米饭里少倒一点点,这米饭就十分的好吃。如果早上起来急着赶出去办事,而又要吃早饭,临时救急的方法是,可以用黄瓜酱油冲一碗汤,只需在碗里放一点虾米皮,再放一点紫菜,如果有香菜,再放一点香菜,再把黄瓜酱油放一点进去,用开水一冲,这碗汤是相当的鲜美,一般酱油根本无法与之相比。这是汤,就饭的小菜如是一小碟酱黄瓜那就更好。我自己的私房菜有一道就是炒酱黄瓜,少放一些肉丁,酱黄瓜也切小丁,放在一起炒,很好吃,就米饭十分好吃。如买一个白皮烧饼,在烧饼上来一刀,把肉炒腌黄瓜丁夹进去,也很好吃。

如果是吃白煮肉,旁边有一小碟黄瓜酱油的话,那可是更加鲜美。

黄瓜酱油是家庭腌菜的副产品,铺子里绝对不会有卖,都说日本的酱油好,但是无法和黄瓜酱油相比的。韩国的酱油像是也不错,可以拌米饭食之。还有就是现在饭店里的酱油炒饭,也只是那么个意思,但味道淡薄得很。我个人是比较爱吃酱油炒饭的,既简单又方便,用油先把米饭炒开,再往里边倒点酱油,不少人都爱吃这一口。酱油是晒大酱的副产品,要经过晒这一个过程,所以又叫"秋油",晒整整一夏天,到了秋天才会好。

而腌两小缸酱黄瓜,到了秋天也差不多只能收那种大个儿的酱油瓶一瓶。那种玻璃酱油瓶现在很少见了，绿色玻璃，足有一尺半高。小时候母亲从来都不让我碰这种酱油瓶，怕我提不动。那一次参观郭沫若故居，在他的那间既可以打麻将又可以练习书法的屋子里我看到了这种瓶子，就放在书案下，里边还盛着大半瓶墨汁，用这种瓶子盛墨汁倒是好主意，就是往外倒墨汁的时候要小心，倒不好，会洒得到处都是。

日本用来装清酒的瓶子有一种挺大，和过去我们常使的大个儿酱油瓶差不多，也有一尺半来高吧，让人看着亲切。有一次和朋友在馆子里喝日本清酒，我带了一个空瓶回去，一直放在那里，没有墨汁可放。我现在不画大画，如画大幅荷花，一次，恐怕要用掉这种瓶子的半瓶墨汁。

我朋友穆涛的父亲会做黄瓜酒，想来味道亦是清鲜，但怎么做，还得去请教他。

在国外，有卖梨酒的，每个酒瓶里都有一个很大的梨，但却让人喝不出梨的味道，只是觉着好玩儿，带回来送人，还会引起一阵猜测，猜测这梨是怎么放进去的？

绍兴酒

家里以前煮鸭子，动辄离不开绍兴酒，父亲说黄酒煮鸭子太甜，煮出来也不是那个味儿。当时家里用的绍兴酒是那种挂酱色釉的小坛子，一坛子装五斤，也不是什么好绍兴酒，但用其煮鸭子好像不错，一只鸭子放半坛子酒，鸭子还没煮熟，满屋子已经都是绍兴酒的味道。北方人不习惯喝绍兴酒，闻者都问什么味儿？小时候家里谁闹肚子痛，就会喝一大杯放了红糖的热绍兴酒。现在想想，当年那些行销北方的绍兴酒也未必比现在的绍兴酒差。

北京的"孔乙己饭店"，橱窗里就堆着些放绍兴酒的白泥头酒坛子，作家丁国祥请我和刘庆邦、李云雷在那里喝酒，大家说好了每人先上一大壶，然后再上一大壶，然后再上，还是每人一大壶，大壶是一斤，小壶是半斤，三大壶就是三斤，那次真是有些喝多了，送庆邦出去，看他一晃一晃往远了走，真怕他摔倒。那次喝酒要了臭卤干子、咸鱼，还有咸肉饼。喝绍兴酒不可不吃这三样，借此可以体会一下江浙一带的饮食风尚。坐在那里，忽然就想起了鲁迅先生《风波》里边描写的那碗白米饭，上边是一条乌黑的干菜，白米饭乌干菜，想想都有些让人动心，但孔乙己饭店里没有这样的饭，及至后来到了绍兴，也找不到这种饭，想吃这样的饭，看样子得坐了乌篷船到闰土的乡下去。

绍兴酒与烧刀子的老白汾相比，可以说是气味"温良"，不会一上来就吓你一跳，让你心里有防备。一如六十多度的老白汾，放在鼻子跟前，还没等喝，一股子酒的"杀气"便直冲脑门儿。而绍兴酒却是先让你放下了一切戒备，那个醉是慢慢慢慢积蓄起来的醉，一旦醉倒，要比白酒都厉害。绍兴酒要热了喝，没见有人喜欢喝凉绍兴酒，但在绍兴酒里又是放红枣又是放话梅却不可取，是乡下产妇的做派，我喝绍兴酒什么都不加，来一块干蒸咸鱼，慢慢慢慢撕了就酒，或来一只蒸咸肉饼，一点一点用筷子夹了就酒。茴香豆现在几乎是所有绍兴饭馆的招牌小菜。实际上这道小菜可以说是普天下都有。我家常年备有一大瓶小茴香，煮豆、煮鸡蛋、煮花生米。东北人，连煮小土豆都会放一些茴香在里边。

绍兴酒得一"厚"字，那当然要是好一点的绍兴酒，喝绍兴酒，最好有一杯日本清酒在旁边，对比着品一下，你就知道什么是酒之薄，什么是酒之厚。或者是再有一杯高度烧刀子，你就更会知道什么是酒的温良，什么是酒的暴烈。

冬日，晒着那让人动辄起倦意的暖阳喝一点绍兴酒很写意。而窗外若是漫天风雪，再加上老虎叫样的老西北风，那你就最好喝高度的烧刀子，烧酒热肠，风雪高天，别是一种境界。

喝酒为什么？有乡下民谣如此说："喝酒为醉，娶老婆为睡。"此话虽俚俗,却不无道理。喝酒不醉和喝白开水又有何异?醉亦无妨,但最好不要大醉,予以为以半醉为佳。

真正的喝酒,不必大酒大肉,两三个知己,四五碟下酒物,六七个钟头的谈天说地,足矣。

茄盒儿

蔬菜有个特点，鲜的时候有香味儿的，干了以后未必香，而鲜的时候没有香味儿的，干制以后未必就不香。蘑菇如此，黄花如此，干菜如此，连茄子都如此。我母亲，年年都要晒一些茄子，买大量秋茄子回来，一种是把茄子顺了切，切成一条一条，但要在茄子把儿那地方连着，好晾晒。一种是把茄子横了切，切成一片一片，但这一片一片的茄子是两片两片相连，晾这种茄子干儿，不用说，是用来到了冬天吃茄盒儿的。吃的时候把茄干儿用水泡好，中间夹馅儿，裹以调了味的面糊，然后下锅炸，茄子盒要现炸现吃，才不会回软，可真是香，馅子香加上茄子香，是香上加香。现在出去吃饭，东北菜馆都会有这个菜，但用的大多都是鲜茄子，口味上就要差得多：一是鲜茄子入口太糯；二是没有干制过的茄子那种独特的香味儿。用干制过的茄干儿做茄盒儿也好看，这个"盒儿"是严丝合缝，而用鲜茄子做的茄盒儿却往往"支棱"着，合不严，不单单是味道上有区别，看相上也不一样。

中国民间的饮食，在叫法上就特别有意思，带馅儿而又要经过烙制的多叫饼——"馅儿饼"，牛肉馅儿的，羊肉馅儿的，素馅儿的，都叫馅儿饼。而唯有韭菜馅的往往叫"韭菜盒子"，是因为这种饼馅儿要装得比一般馅儿饼多得多，烙出来鼓鼓的可不就是个盒子。起码是在我们家，没有"韭菜馅儿饼"这一说。就是韭菜里加了鸡蛋，也叫"韭菜盒子"。炸"茄盒儿"也是这么个意思，虽然它也像个小小的饼。还有"藕盒儿"，在藕的一个一个眼里塞上肉，外边裹一层调好味的面糊然后下锅炸，也叫"盒儿"——"藕盒儿"。

从沙滩往西，北海公园门口再稍往东一点的地方有个盒子店，里边卖各种馅儿的盒子，有一阵子，我经常去那地方吃盒子，说是盒子，却是大饺子的形状。每次去吃，牛肉芹菜馅儿，猪肉韭菜馅儿，羊肉大葱馅儿，各要一个，再要一碗汤，这顿饭吃得很香，吃完再去书店翻书。下次去，鸡蛋韭菜馅儿、西葫芦羊肉馅儿、猪肉茴香馅儿，再各要一个，各种馅儿换着样儿吃。

我和印度朋友去那里吃盒子，直把她的鼻环吃掉她还不知道，吃完饭，从店里走出去，一摸，不见了，再回去找，居然没丢，可见这盒子有多香。所以这个"盒子店"生意特别的好。带馅儿的食品我以为是最好的发明，一样儿东西端上来，饭菜两样儿全有了。走遍中国的各个城市，包子铺、饺子铺、馅儿饼铺生意往往都不赖，道理就在于有菜有饭实惠方便。

茄子的香气很不好说，无法比方，是它自己的味儿。茄子一旦晾干，味道就更突出，远非鲜茄子可比。干豆角干茄子再加上干葫芦条子一起烩，味道老远就能闻到，这个菜要放荤油，而且油还要大一些。这个菜最好和小米干饭搭配着吃。如果手头正好有烧好的肥瘦相间的肉条儿，不妨也放进去，味道会更好。

说到吃茄子，下大功夫去做，做出来而又让人觉着不得要领的，就是《红楼梦》中的那道"茄子鲞"。这道菜之所以说它不好是因为它本味全失。我在北京和扬州吃过两次所谓的"红楼宴"，两个地方的"茄子鲞"，一样的不怎么好。《红楼梦》中讲到做"茄子鲞"——先把茄子切小丁儿，然后入锅用鸡油收，收什么？收茄子里的水分。这水分好像是不那么容易收，经常入厨的人都知道，鲜茄子入油锅，别说小丁儿，就是切较大的块儿，往往是油温一高茄子便已稀烂，可以说是无法"收"。这道菜如果是用晾干的茄子做我想还差不多。

一边是《红楼梦》中的"茄鲞"，一边是母亲的"茄盒儿"，我想我还是吃母亲的茄盒儿吧，虽简单，却好吃，那才是真正的家常美味。

三坊麻糖

　　三坊以前离县城还算远，有二十多里地，过年的时候，县城里的货栈都要套上车去三坊，去三坊做什么？拉油，拉干粉，拉红糖。人们都知道三坊这名字就是从油坊、粉坊和糖坊来的。虽说三坊离县城二十多里，但比起别的地方，三坊离县城就要近得多，所以三坊的生意当年相当的火，套车从县城出发过一座大石桥到把货拉回来用不了一天时间，人和车都不用在外边过夜，这就省了许多时间和燃嚼。到了后来，三坊的名气越来越大，比如，三坊的麻糖，人们看朋友走亲戚都要称那么两三斤，草纸一包，包上再压一张梅红纸，也真是好看，那好看是民间的好看。当年我在那里插队，回家没什么可拿，差不多每次都要带些三坊的麻糖回去给亲戚朋友。过小年、送灶神也要吃三坊的糖瓜，糖瓜的样子其实更像是大个儿的象棋棋子！这地方过端午节，吃粽子也离不开三坊的糖稀，这地方管饴糖叫糖稀，也许是叫糖饴，但发音却是"糖稀"。三坊的麻糖和饴糖好，好在是用甜菜头熬，这地方的甜菜好像也长得要比别的地方好，个儿特别大，甜菜的叶子黑绿黑绿的，可以用来做最好的干菜，所以有车去三坊拉货，往往还会带些干菜回来，这地方，吃素馅儿离不开这样的干菜叶子。三坊在全盛的时候据说一共有十八家糖坊，到我插队的时候还有两家，种甜菜的地有几百亩，甜菜的叶子很大很亮，是泼泼洒洒，特别的泼泼洒洒，泼泼洒洒其实就是旺。三坊煮甜菜熬糖的那股子味道离老远老远都能让人闻到，是甜滋滋的，好像是，日子因此也就远离了清苦，好像是，三坊那时候的日子过得就特别兴头。你站在那里看糖坊的师傅们拉麻糖，浑身在使劲，胳膊、腰、大腿，都在同时使劲，是热气腾腾，是手脚不停，亦是一种好看的旺气！民间的那种实实在在的旺气。拉麻糖是需要力气的，上岁数的人做不了这活儿，大多是年轻人和中年人，既要有经验还要有力气，而且还要手脚干净！拉麻糖的木桩子上有个杈，一大团又热又软的糖团给拉麻糖的人一下子搭上去，手脚就不能再停下来，刚开始那糖团的颜色还是暗红一片，一拉两拉反复不断地拉，那糖团的颜色就慢慢慢慢变浅了、变灰了、变白了！变得像是要放出光来了！拉麻糖有点像是在那里拉面，拉细了，拉长了，快拉断了，再一下子用双手搭上去，再继续往细了往长了拉，到快要拉断的时候再搭上去然后再拉。麻糖拉的次数越多越出货，用他们的话说就是要把气拉进去。因为那糖团是热的，所以更需要拉麻糖的人手脚不停。看麻糖拉得好不好，从颜色都能看得出来，掰一块儿，看看麻糖的断口，像杭州丝绸一样又亮又细，这样的麻糖搁嘴里一咬就碎。三坊的麻糖就是这样，三坊的麻糖一掉地就碎，这样的麻糖能不好吃吗？拉麻糖的好手，据说拉出来的一斤麻糖可以切八十九个角，别人呢，一斤也就切那么七十多个角，角跟角却是一般大。麻糖这东西好像正经的糖果厂都不见生产，生产它的只有像三坊这样的村子，是农民的手艺，而且麻糖这东西是季节性的，很少见人们一年四季在那里做，不像是油坊和粉坊，四季不停。但种甜菜是要从春天做起，让它们的球茎从拇指大小长到鸡蛋大小，再从鸡蛋大小直长到箩头那么大。种甜菜要不停地打叶子，把叶子一层一层地打掉，为的是让它们的球茎往大了长，再往大了长，越大越好。叶子打下来又会一把一把地晾在那里，要是不晾呢，可以用水焯一焯，切碎了拌蒜泥吃，味道是十分独特，怎么个独特？又让人说不来。

在湖北，出麻糖最好的地方是孝感，车过孝感我买了一袋儿，一路吃到家，孝感的麻糖好，但没三坊的那么白。中国人，几乎是每一个人每年都要吃一次麻糖，那就是在小年那一天，人人都要吃，吃在自己的嘴里却说是要糊住灶神的嘴，不许他乱说。

好像是，中国的神祇都特别好糊弄。

芫荽鱼

北方人喝汤没南方人那么讲究,到小饭店吃饭,吃到最后来个"高汤",也仅仅比白开水多那么一点颜色,再多一点点切得很碎的葱花儿而已。在家吃饭,有时候懒得做汤,我会给自己冲一碗,虾米皮、芫荽,再放点紫菜,如果手边恰好有冬菜,再放那么一点冬菜,冲好,再淋一点香油,这个汤说实话很好喝,清淡而有味,这味道主要来自芫荽,如果没有芫荽,这个汤就要淡许多。

芫荽可以与豆腐干凉拌,最好是熏干切丝,也不错。

那一次几个从太原过来的诗人在我家喝酒,桌上没菜了,诗人雪野说他来做一个,他早就看到厨房有一捆芫荽,他跳到厨房去洗洗择择,再切巴切巴,以香油与酱油醋一调,一盘菜顷刻即成,居然很好。

芫荽以早春刚从地里长出的最香,叶子有几分披纷,这种香菜叫"扒地虎",叶柄有几分紫,吃汤吃菜不用放多少,会香得"一片哗然"。

芫荽一般都用来配菜提味，但它也可以担纲主角，芫荽馅儿饺子，三分之二的芫荽，三分之一的猪肉，要稍微肥一点，拌这个馅儿，最好不用葱姜，要突出主题，这个饺子馅儿的主题就是芫荽，芫荽馅儿饺子味道很清鲜。

我母亲做一道菜，我在别处从来都没有吃到过，且叫它"芫荽鱼块儿"，两斤多的草鱼一条，切瓦垅块儿，要大量的芫荽，最好是那种大棵大棵的芫荽。鱼块儿先在油锅里煎好，然后用芫荽再把煎好的鱼块儿逐一包好，遂再起油锅，把葱姜蒜爆香，把用芫荽包好的鱼块儿一一码在锅里，然后用白酒和醋烹。我母亲做鱼坚持用白酒而不用料酒，烹好，锅里加汤，俟锅里烧开后再改用慢火，锅里的鱼块不可多翻动，等锅里的汤几乎全部收干，这个芫荽鱼块儿也就大功告成，这个鱼可真香，更香的是包在鱼块儿上的香菜，以之就米饭，特别下饭。我给朋友做过几次这个芫荽鱼块，他们都问这叫什么鱼，我告诉他们说这叫"黍庵鱼块"，要是没有大棵大棵的芫荽，芫荽太小而包不住鱼块儿，可以在锅里放一层芫荽码一层鱼块儿，放一层芫荽再码一层鱼块儿，但装盘就没那么好看。

我母亲做鱼，总喜欢放一些香菜在上边。

我经常转菜市场，如果恰好有卖鲫鱼的，我会顺手买七八条回来做芫荽鲫鱼。会在煎好的鱼肚子里也塞大量芫荽，然后再在锅里放一层芫荽码一层鱼，一层一层码好慢慢炖，这个菜出锅手要轻一点，事先要准备好两个盘子，一个盘子放芫荽，一个盘子放鱼。一顿饭吃下来，往往是，鱼还有，而放芫荽的盘子已经光光如也。

不吃这道芫荽鱼块儿，你就不知道芫荽还会那么好吃。

说三叶

炒辣椒叶

每年夏天我都要吃几回辣椒叶,以其炒牛肉丝,味道十分独特,非辣椒可以替代。牛肉丝先下油锅干煸,一路"哗啦哗啦"煸下去,"干煸牛肉丝"这个菜要有嚼头,这真是一道下酒菜。牛肉丝干煸到差不多,烹些料酒,再煸一煸,把料酒的味道全煸进去,然后再下辣椒叶,翻几铲子就出锅,时间长了,叶子一趴下来,既不好看,也不好吃。辣椒叶子炒猪肉也可以,但没有炒牛肉那么香,以其炒羊肉,我没试过。辣椒叶子还可以包饺子,但要用猪肉,最好肥一点儿,如果喜欢吃辣,可以一试,除辣之外,还有辣椒叶的清鲜。

辣椒叶干煸牛肉下米饭也不错,边吃边出汗,外边蝉声如沸,是个好夏天。

薄荷饼

薄荷到处都有，但其好像是特别爱长在水边，采其嫩叶，洗净剁碎，剁得要多碎有多碎，然后把它和到面里，面要和得很稀，稀糊状，再加点盐，当然和面的时候已经加了鸡蛋。然后开始烙饼。"滋啦"一张，"滋啦"又一张。当然这是抓饼，抓饼配小米稀粥，再来个拍黄瓜，碧绿的拍黄瓜旁边要有一盘颜色鲜明的炒鸡蛋。这是夏天的一顿好饭，也只能在夏天吃到。或者是吃过水面，把薄荷叶子用水一焯，搭在面上，过水面最好要吃麻酱，麻酱、薄荷叶、新大蒜，很刺激食欲。要是吃过水炸酱面，就最好不要放薄荷叶，不搭配。韩国那边吃火锅，也吃薄荷。云南野菜锅也总离不开薄荷，在云南吃面条，面上总要搭一些薄荷叶，但那边的薄荷好像不怎么香，虽不香，但令人难忘。在云南小草坝，最难忘的是动辄上一盘炒天麻丝，说不上好吃，也说不上不好吃，和炒山药丝相去不远，但因为是天麻，上一盘总是不够，主人便会再上一盘，除了云南，哪个省份还能如此阔气，炒天麻丝吃！

我用薄荷叶子炒过猪肉片，不好吃，像吃了一嘴清凉油。

盐渍紫苏

紫苏叶子很香，嫩一些的叶子，蘸一点清酱，味道很是特殊。韩国人像是特别爱吃紫苏叶，泡菜里边都是。我母亲总把紫苏叫反了,叫"苏紫"——"苏紫叶",我母亲说:"苏紫叶,马板肠",我至今不知道紫苏叶和马板肠有什么关系?但马板肠确实很好吃,马身上好像就只有马板肠好吃。那年在宁夏吃饭,吓我一跳,两个服务员满头大汗把一个煮熟的硕大的龇着牙的马头就那么端了上来,我受不了,跳起来就跑。我想不到还有这样吃马头的!我从小没吃过马肉,所以,更不能接受这样一个大马头,主人遂让服务员把马头马上撤下去,切好再上,但我始终没敢动那马头。马是很可爱的动物,一颗马头,太具象了,马板肠是另一回事,切成丝,好像跟马没一点点关系。有时候饮食上也要抽象一点才好,太具象了,会吓人一跳。

我喜欢吃盐渍紫苏,在晒台上种了两盆,心想这下子总能吃到紫苏,但还没等它长大,麻雀来了,把才长出的叶子啄个精光,想不到麻雀也吃紫苏。我把紫苏的种子给朋友让他种,他住一楼,紫苏长了出来,他硬说是薄荷。

紫苏叶子用盐渍过,好像要比盐渍香椿香。

把辣椒叶、薄荷叶和紫苏叶放在一起拌着吃味道更为特殊,三种叶子放一起,先用盐杀一下,再拌以澥好的麻酱,麻酱要稍微厚稠一些,要挂得住。这道菜可拌过水面,其味道之好,直令人张口结舌。

此种吃法,别处没有,为黍庵专利。此法一传,必为小饭馆增利。

苦瓜生蚝

蚝油是从南边传来的,北方以前没有。

我家常备佐料是"郫县豆瓣""天津冬菜""海天蚝油""普宁豆酱",而蚝油用得最快,炒青菜,什么调料都不用放,青菜在油锅里"噼噼啪啪"猛炒,炒到差不多,把蚝油放进去就是,吃了没有不说好的。炒芥蓝、炒菜心,有时候炒茭白都离不开蚝油。但如果是竹笋,就不能用蚝油,只用"天字牌酱油",油大火旺,把竹笋块放锅里炒,淋入酱油再把锅盖马上盖上焖,如果放蚝油,竹笋的鲜味就会被夺去,不好吃了。

潮汕有一道很好吃的小吃"蚝煎",生蚝、鸡蛋、各种调料,煎成一个饼,再用铲子划开,很好吃。吃这样的好东西,我以为不能同时饮酒,一饮酒,就破坏了那种味道。不是所有的菜都可以用来就酒的,有些菜,你要吃它,就不要喝酒,你要喝酒就不要吃它。大饭店风行一种蚝的吃法,蚝焗熟,上边再加一些蒜末儿,说不上有多好,也说不上不好,一如风行天下的"蒜蓉扇贝",那一窝儿细粉丝看了先就让人掉胃口，这个菜式不知是何人所创，真正是没多大意思，不吃也罢。

说到蚝，如果干净，还是生吃好，前年在大连，去"樱花料理"，点过菜，又加要两只生蚝，及至给端上来，还是给放了佐料。说明了，再要两只，这一次好一些，但蚝壳里的海水却没了。在国内，好像是不能随便点吃生蚝，海水污染，让人对许多水产都望而生畏。多少年下来，渤海湾的梭子鱼总是有股子汽油味儿，遑论浅水生蚝。

既不敢轻易吃生蚝，做熟了还是可以下箸。

"生蚝苦瓜"为黍庵首创，苦瓜切小骰子块，和蚝一起入锅，其炒法与"蚝煎"一样。这道菜简直是简单至极，但吃起来味道却殊妙，以苦瓜之苦逼生蚝之甜鲜，算是妙配。或者打七八个鸡蛋，把生蚝和苦瓜丁一并搅和在一起上笼蒸，鸡蛋蒸熟，生蚝也不会老，因为鸡蛋已把蚝里的水分全部封死，这道菜也很不错，苦瓜之苦，鲜蚝之鲜，相得益彰。如无苦瓜，蚝似乎还无法突出它的鲜甜。以苦瓜炒生蚝，很难拿捏火候，但有一点好，那就是苦瓜耐炒，炒几铲子是那样，再炒几铲子，还是那样，再炒，好像还可以。不可以的是生蚝，火候一过便无法再吃。生蚝要好，既要汁多又要蚝嫩，一旦汁少肉老，便没一点点吃头。

喝啤酒而大吃生蚝是一件让人看着很不舒服的事。

啤酒和中式菜概不搭配，我以为，要喝啤酒只管去喝啤酒，喝完再回来吃菜，点一桌子菜而大喝啤酒是不懂饮食之道矣！

还说"苦瓜生蚝"，蚝不要大，小一点为好。

晋北饭食记

山药蛋是国际性食品,全世界几乎都在吃。

有一次朋友聚会,说好每人来一道菜,我带去一袋很大的坝上紫皮山药,先上笼蒸好,俟其稍冷把皮剥掉,然后取少量面粉将其和成面团,烙山药饼离不开葱花儿,切小半碗,把它全都揉到山药面团里。然后揪剂子,然后擀开,然后上锅烙,烙山药饼油最好大一些,而且要烙好即吃,不可放凉,山药饼绵软好吃,味道不可比方。

紫皮山药是山药里的珍品,可以与之相比的是那种坝上的沙皮黄山药,沙皮黄山药皮上满是皴裂,不好看却好吃。紫皮山药现在多见,而沙皮黄山药则十分少。我平常喜欢吃的"山药烩茄子"非这种沙皮黄山药不可,茄子和山药在锅里煮得几乎稀巴烂,但隐约还要能看到茄子和山药,这个菜临出锅要浇入用羊油炝的葱花儿,就像是北京小吃麻豆腐,用羊油和用其他油硬是不一样。这个菜,要配的主食是稠粥——小米子稠粥,当年新下的小米,煮好后要用勺子不停地搅，直把粥搅做一团。乡下吃稠粥，每人取一小团放在自己的碗里颠，一颠两颠，稠粥便会被颠做溜圆一团，然后就这个菜吃。这个菜吃馒头好不好？当然也行，但总是不如吃稠粥为好。一碗山药烩茄子，一碗稠粥，是相当殷实的一顿饭。要再讲究一点，可以用碎口蘑和碎羊肉蒸一个臊子，用大碗上笼蒸，水要完全没了羊肉和口蘑，蒸好的臊子，汤占三分之二，肉和口蘑只占三分之一，这才是臊子。有这样一碗喷香的羊肉口蘑臊子，再来一碟腌黄萝卜，这顿饭便可称得起"丰美"，现在很少见到那种淡黄色的黄萝卜，绛黄色的萝卜倒多见，但绛黄色的萝卜没淡黄色的好，味道不一样。晋北人家过冬，除了山药蛋，往往还要腌一两缸这样的黄萝卜，缸大且深，齐人胸高，一个人抱不过来，要两个人一起用力才能挪动它。整个冬天，人们都离不开这种腌好的黄萝卜。

　　南方人不吃稠粥，没听说过用大米做稠粥的，做稠粥好像只用小米。

　　还说山药蛋，取大个儿沙皮黄山药上笼蒸熟去皮，用手捏碎，但不要太碎，要一块儿一块儿，然后用莜麦面拌和，一拌两拌，莜麦面粉就会粘在山药块儿上，就这样松松散散的再上笼蒸一次，蒸好便是所谓的"盔垒"，山西南部和河北西部称之为"拨烂子"，蒸好的"盔垒"要下锅再炒一次，先用胡麻油炸葱花儿，然后再下"盔垒"炒，这叫"炒盔垒"，炒"盔垒"必用胡麻油才香。这个饭要配以"白菜炖豆腐"，如果有油豆腐当然更好。广州叫油豆腐为"豆卜"，但我以为它远不如晋北的油豆腐，晋北的油豆腐好在是用胡麻油——炸好而中空。好的油豆腐白吃最好，我常放一碟在那里白吃，是越嚼越香。这个"白菜炖豆腐"要是再地道一些，豆腐用油豆腐而白菜要用大茴子白，是大茴子白而不是"小日圆"，大茴子白有种独特的回甜，长白菜无法代替。炒莜面盔垒就茴子白烩油豆腐是很家常的饭食，这样的饭菜如果再熬一锅糜子米粥堪称完美。

晋北乡间的饭食离不开三样，山药蛋、黄萝卜、茴子白。

当然，有羊肉更好，但乡间生活，哪能天天有肉！

味道端午

端午节是个有着特殊味道的节日,用我母亲的话说,是"满鼻子粽子叶"!

说到吃,端午节和其他节日相比也就那么几样,粽子、粽子蛋,还有和大蒜放在一起煮的鸡蛋,或者是咸鸭蛋。大蒜煮鸡蛋好吃不好吃,味道挺冲。

中国的众多节日都与吃分不开,世界性的节日也大多如此,既过节而又不吃的节日在中国几乎数不上几个。在中国,端午节一定要吃粽子,从南到北皆如此。端午前一日,你无论到什么地方,几乎都能闻得到煮粽子的味道,北方在端午节这一天还要做凉糕,在北方,糕一般都要趁热吃,而非要做来凉着吃的也只有端午节这一天。

鸡蛋与粽子同煮,俟粽子煮熟,把粽子捞出来,鸡蛋仍放在锅里继续煮,用筷子把鸡蛋壳挨个儿敲敲,歇火后,鸡蛋仍要泡在锅里,泡一夜,第二天再捞出来吃,味道十分清香而有嚼头,也就这一天，人们能吃到这样的鸡蛋。端午节正是新大蒜下来的时候，买一大兜子新蒜回来，不用剥皮，洗一下，整头整头和鸡蛋放一起煮，歇火后，鸡蛋和蒜一起捂在锅里，这个蛋就叫做大蒜鸡蛋，吃一口粽子，吃一口大蒜鸡蛋，味道说不来。

在北方，过端午节很少用到雄黄，汪曾祺先生说到了端午这一天他们老家家家户户都要点和爆竹模样差不多的"药子"，点着了，往柜子下边一丢，只冒黄烟，且要冒好一阵，但绝不会炸响，是用来熏五毒的。北方人很少用雄黄，也不会用雄黄水在孩子们的额头上写"王"字。但在北方，家家户户到了端午要在门上贴五色符、五色纸折编的蝎子和公鸡，还有艾草。

艾草颜色是灰绿，毛茸茸的。

六七月，艾草长一人高，这时候去采艾草，成捆成捆背回来把它编成一条一条的大辫子晒干俟用，艾草很好闻，夏夜点一辫挂在那里，莫名其妙地令人怀旧。

我的母亲，在我们小的时候，端午这一天要用艾草水给我们洗澡，好像是六七岁以后便不再有用艾草水洗澡的经历，艾草水要煮，煮一会儿，晾一晾，先洗头，再洗身子。母亲上岁数以后，年年还要我去给她买艾草，她的习惯是，把艾草插在瓶子里，第二天，艾草蔫了，耷拉了下来，再过数日，艾草干枯了，一碰就掉，但还插在那个瓶子里。

母亲用黄米做粽子，味道与糯米小有不同，黄米粽子粘饴糖，味道挺好。这一年的粽子吃完，母亲会把粽子叶洗洗再放起来，说是等明年再用，那洗过晾干的粽子叶就挂在墙上，一碰"哗啦哗啦"响。但我从没见过母亲在第二年的端午节用这种粽子叶。没有新鲜粽子叶的时候，杂货店也会把整车整车的干粽叶给人们拉来，可见这个节日的重要。

吃叉烧粽子是后来的事，在北方，传统的粽子不是放大枣就是放红小豆，没听过吃肉粽子。在四川，第一次吃到肉粽，觉得味道大好。我是一个喜欢吃肉的人，即使是现在，有叉烧粽子，我就不会吃红枣粽子。超市买的那种小粽子太小，两口一个，不过瘾。

吃东西而非要拆包装，各种食品里唯有粽子。

我还是喜欢母亲包的大粽子，刚刚出锅，热气腾腾，香气扑鼻，一个碗里将好只放一只。不知为什么，煮粽子总是晚上的事，人已经睡着了，满鼻子里都是煮粽子的清香。

端午节真是一个有味道的节日，街头巷尾，一派清香。

先生姓朱

我的父亲好客也好酒，那时候总是有人来和父亲喝酒，总是已经很晚了，父亲和他的朋友还在喝，朦朦胧胧中都是些东北的口音，所以我这个东北人到了后来对东北人没什么太好的印象，嫌他们话多，夸夸其谈。而我父亲的朋友中有一位很瘦，北京口音，后来成了我的老师，便是朱可梅先生。朱先生画花鸟草虫，那时候的他是中山装，衣服口袋里总好像装着什么，鼓鼓囊囊。有一次他从口袋里掏出两个果子，我以为他要吃，或给我吃，但他看了看，又放回口袋。有一次他口袋里放着一个玉米棒子，那时候鲜玉米刚刚下来。

我跟朱先生学画的时候已经十三岁。去了，也只是看他画画而已，不画素描，也不画速写，去了，可以翻翻书，都是些老画谱。窗台上，还有那两个衣柜上都放着些书，衣柜上还有个青花的胆瓶，里边插着一把掸子。朱先生对我说，我画画儿，你看就行。我就站在那里看。朱先生画画儿一般都站着，但画草虫就必坐下。

他用生纸画草虫,一边画一边说第一遍勾线要淡,笔上的水分要最少。我就站在那里看朱先生勾线。朱先生勾很细很淡的线,很快。然后是施色,用一只小号羊毫,一手使笔,一手是一块儿叠成小方块的宣纸,火柴盒那么大一块,一边施色,一边马上就用这小纸块在纸上轻轻按一下,不让颜色跑出去。朱先生画工虫很快。但颜色总是要上好几遍,一只虫子就在纸上了,然后再用深一点的颜色现把线勾出来。如画蚂蚱,须子是最后画,从须子的根部朝外挑。朱先生的这两条线勾得很好,他自己也得意,说:你看看这线。又说:颜色不要上闷了。

后来,朱先生让我给他磨墨,我磨好,他试一下,用墨铤再磨一下,说还不行。我就再磨。朱砂也要研,先把水兑进去再不停地研,研得差不多,先生说别研了,再研就坏了,然后先生再把胶兑进去。一边兑一边用笔在朱砂里蘸一蘸,说好了,或说你看这就不行。用朱砂画雁来红,画完朱先生就会把纸马上反扣过来。说这样颜色就不会往后边跑。有时候画干了,朱先生会在纸的背后再把笔一跳一跳地补些朱砂,朱先生的雁来红很好看,颜色好,但不是一大片,通透。朱先生对我说,别画得让人喘不过气来。朱先生把叶子与叶子的空隙留白处叫"气眼"。朱先生画桃子,先在纸的背后用藤黄和赭石调好的颜色打一下底,然再用胭脂从正面画,一笔,两笔,三笔就成。朱先生的桃子很饱满。朱先生反对学中国画画素描,朱先生自己就不画素描。朱先生画葫芦,总是从葫芦屁股那边画,朱先生画蝈蝈从不画绿蝈蝈,只用赭石画麦秆儿颜色的蝈蝈,朱先生说绿蝈蝈红肚皮不好看。朱先生的小小画案上放着一个火柴

119

盒子，火柴盒子上用大头针扎着一只蝈蝈，这个蝈蝈在朱先生的画案上放了许多年。朱先生画画总是先看纸，把白纸挂在立柜旁边墙上的那根铁丝上，一看就是老半天，嘴一动一动。朱先生对我说，要把纸上的画看出来再画。画完这张画，还要把它再挂在那根铁丝上再看。朱先生说画有时候平放着是虎，挂起来却是一只猫。

我跟朱先生学画，是从帮着裁纸、磨墨、兑颜色开始，朱先生最喜欢的画家是齐白石，他不怎么喜欢王雪涛，他说吴昌硕太灰，任伯年笔好但没意境。徐渭是个疯子，容易让人学坏。八大的鸟是漫画，总是在那里瞪人也不好。而朱先生说自己画了一辈子没着落，我不知道朱先生要着落到什么地方去？

朱先生画紫藤的老秆用一种笔，画紫藤的花又是一种笔，朱先生用大笔画很细的线，很小的叶片，而落款却是用小衣纹，小笔写比较大的字，写两三个字，墨就没了，再蘸墨再写，朱先生的题款总是浓浓淡淡直至枯干，很好看。朱先生画画儿，工作却在邮电局。朱先生没事拉京胡，嘴跟上动。忽然他不拉了，过来看我，说："这地方交代清，这些叶子是这根上的呢还是那一根上的？画画儿别复笔，别描，一描就臭了。"朱先生的单位正月十五出灯，单位要他给灯笼上画些东西，他也照画，很认真，灯挂出去，有人说不好，先生说：你懂个屁！

后来，我已经大了，但还是经常去朱先生那里看他画画儿，给他磨墨兑颜色。朱先生用的时候总是说："合适。"有一次，朱先生忽然很高兴，说花鸟能行了。我不知道朱先生这话什么意思？后来就看到了那张《毛竹丰收》，朱先生很兴奋，说还是竹子好看。

朱先生教我画画,从来没什么理论。朱先生说,中国画就是这样一代一代传下来的,又说:"齐白石就不画素描!"又说:"学中国画就要先学会磨墨兑颜色裁纸。"朱先生叫"蜜蜂"叫作眼睛。画紫藤,总是说"眼睛在哪儿?眼睛在哪儿?"朱先生把蚂蚱也叫"眼睛",说"怎么'眼睛'在那儿啊,不对!瞎了!"螳臂也叫"眼睛"。记得有一次朱先生把父亲的人参酒拿起来对着光看,看来看去看酒瓶里的那根人参。父亲说你又不画人参你看什么,喝酒吧。朱先生不高兴了,说不画就不能看了?朱先生的口袋里,总放着些七七八八的东西,有一次他一手掏手绢,一手从另一个口袋里掏出个树上结的那种柿子,黄黄的很好看,他把柿子擦了又擦,我以为朱先生要吃。他把柿子擦完看了好一会儿,又把它放回了口袋。

我们那地方不长柿子树,不太好活,活了也不会结柿子。

怀念朱先生。

城墙植物

中国人看到城墙一般都不会吃惊,吃惊的是外国人。

我住在城墙下的时候,国内的朋友来了,大不了说:"好一个明代大古董!"我会跟他们细说这城墙太古老,明代的城墙里可能还包着唐代和北魏的城墙!他们一听更吃惊,但再吃惊也吃惊不到哪里去,在中国,几乎是每个城市都有城墙。外国朋友来了,其吃惊程度就大得多,印度朋友里德,个子比我低一些,皮肤却比我黑得多,看到城墙,大兴奋起来,他在印度从没见到过这么高的墙,非要上去,我只好陪他往城墙上爬一遍。从城墙上下来,我带他去洗澡,他又吃一惊,说中国人洗澡怎么脱那么光?我说中国人洗澡就是要脱这么光!他突然害羞起来,坚持穿着一条睡裤洗完了澡。洗完澡回到我家,端着一杯茶从窗子里还看城墙,并且问我城墙上那结着小红果子的植物是什么?我看都不用看,坐在那里告诉他那是枸杞,中国男人的一种补药。

我对城墙太熟了,我在城墙下的院子里从两岁长到十五,那时候护城河还在，发大水的时候许多人都站在护城河边看，浊黄的水眼看着要晃到河沿上，那真是有点怕人。我读书的小学也在城墙下，上体育课，有时候会一脚把足球踢到护城河里，那时候护城河里长满了各种植物，更多的是庄稼，我在城墙边上认识了什么是谷子，什么是高粱，什么是黍子和玉米，还认识了各种蔬菜，鬼子姜和山药蛋，豆角白菜倭瓜和茄子，那是个总是吃不饱的年代，人们绝对不放过任何一块儿空地。在最最饥馑不堪的年代，人们甚至把庄稼种到了城墙之上，你仰起脖子可以看见有人在城墙上锄地，你就会想，那上边有水吗？如果不下雨能有收获吗？好在古今中外就没有不下雨的老天爷！

春天来的时候，护城河边上的白杨绿了，有人上树去打那一小穗一小穗的杨花，这杨花用水沤了可以吃，味道苦涩难当。有人去城下挖野菜，好像是，城墙下田苣比较多，这是野菜中的上品，现在去饭店请客，主客动辄点一盘苦菜来涮嘴，但饭店里的苦菜做得不那么地道，是最简单易行的方法，先用开水余，再用凉水泡，然后切碎上盘了事。真正好吃的苦菜要沤，用米汤直把苦菜沤成黄色，连汤带菜最宜吃平民们的土饭，稠粥、拿糕、莜面。又说到作家孙犁，好多次对我说到苦菜，说河北的吃法和山西不大一样，我想，当年他在繁峙郭四家养伤的时候可能吃了不少苦菜。

在山西，春天的时候有什么可吃？苦菜便是上好的一道菜。

记忆中，除了苦菜，还有一种极辛辣的野菜，名字叫"麻麻"，这种野菜生来好像是专门对付鼻子，你在地上找一根麻麻拔起来放嘴里嚼嚼，一会儿鼻子就受不了，眼泪就会出来。人们把这种野菜挑回去剁碎用醋拌了吃，完全是吃油泼辣子的意思。饮食四大味：酸甜苦辣。辣的总代表是胡椒和辣椒。胡椒自汉代传入中国本土，辣椒的传入大约是明代，我至今不知道汉代以前人们吃什么样的辣东西？

  麻麻这种野菜好吃不好吃？可以说很好，吃稠粥，吃莜面都好，好就好在辣鼻子。花椒之麻，在于嘴，花椒吃多了，嘴里是酥酥发麻，而辛辣如麻麻这种野菜作用却在鼻子，芥末之辛辣也在鼻子，常见有人在饭店吃饭，生鱼片往味碟里一蘸再往嘴里一送，马上找餐巾捂脸，眼泪已经出来！

  城墙下和城墙上有许多植物，要是雨水好，城墙上下的植物一起茂盛起来，有识之士也许可以写一本城墙植物志，想来此书还不会太薄。

最完美的植物

我是北方人，十多岁前就从没有见过竹子。

和竹子相识是从笛子开始的，小时候我吹破过几杆笛子，终于也没有什么成绩给吹出来，但知道了竹子是一样好东西。后来在宣传队还打过快板，两片竹片互相撞击会发出那么响亮的响声真是让人吃惊。再后来是听人拉京胡，那么流利的旋律从京胡里流动出来真是让人觉得不可思议。所以我认为竹子是好东西。再后来就是画竹子，别人画竹子是先画竹干，后画叶子，我却是偏要先画叶子，然后再相机行事地补上竹干。

真正见到竹子是在成都的杜甫草堂，我们一行人是白天到的草堂，行李甫解就先去吃饭，饭一吃过人也差不多醉了，天也就黑了。那天恰好是中秋，到了晚上月亮躲在云里死也不肯出来，我们一行人里偏有风雅之士，便想起这是杜甫草堂来了，要去看草堂，那天我们恰恰都住在草堂里，往西去，好像是连门票都不要，一伙子人就都拥进了园子，竟找到了那草堂，并在草堂里点起了两支红蜡烛,一伙子人把那通草堂里的碑看了又看,知道了写碑的人是清代的果亲王。忽然,有什么"嘎嘎嘎嘎……"连着响了几声,那真是怕人,我们这些人便都忙从园子里拥了出来回了招待所。但谁也不知道那是什么在叫?到了第二天,真让人想笑,才知道昨夜是园子里的大竹在叫。那是我第一次看到竹子,杜甫草堂里的竹子可真是大,那么粗,那么高,风一吹,绿云涌动,竹竹相摩,嘎嘎作响。我捡了一片碧绿的竹叶子,北方人的我真是吓了一跳,想不到竹叶会那么大,放在手上,比巴掌还大出许多。

竹子是中国最完美的植物,一是直,二是有节,三是中空。没见过哪杆竹子会像杨柳那样长出七七八八的枝干,这不用多说。竹的好处是可以把竹子削成竹筒,或者截一截儿竹筒,在竹筒上打一个洞,可以做一个吊挂在墙上的"花瓶",但在民间更多的是被用来放筷子而不是插花。这就因为竹子有节,没有节就不怎么好办。中国的文人向来喜欢在植物的身上寻找精神,孔子在松树上找出了"岁寒然后知松之后凋",宋人在梅花的身上寻找出了"梅花香自苦寒来"。竹子来得复杂了一些,一是让人想到气节,因为它的有节;二是让人想到虚心,因为它的中空。所以把它给安排到了四君子的行列里去。但老百姓才不管什么君子不君子,那是文人们的事,老百姓眼里的竹子只是好用,一是做人人吃饭必用的筷子;二是做老人们的拐杖;三是做床;四是做挑物的担;五是做水桶,不能再一二三四地数了,竹的用处几乎是无穷的,从穿到吃,比如竹鞋,比如竹衫,比如雨帽,竹笋之好吃就更不用说。竹子可以说是最完美的植物,松树可以盖房子做家具,但就是不能用来大吃特吃,虽然松子是可以吃的,北京的松仁小肚就很好吃,但松树却不能被人们戴在头上穿在脚上。梅花除了看也几乎没有别的用,兰就更不用说。松竹梅兰,竹应该排在老大。之所以说竹是最完美的植物,因为人们的吃喝拉撒睡所要用到的东西乃至胡琴和笛它都能包圆儿,只此一点,把它排到第一,我想没人会有什么意见。

再说竹子

闲着没事翻书其实最养人，看书没有什么目标，若有一二心得便纯是随手拾得，是意外的收获。一个"闲"字原是要与"杂"字成双作对，说翻杂书是一种幸福，其条件是一要有闲，二要有兴趣，二者如能兼得，真是幸福无边。

春天的时候得到一幅明代大文章家唐顺之的字，有收有放的草书写在明代的黄绢之上，写的是李太白《草书歌诀》中的数句。书尾落："写李太白赞怀素句，顺之。"下边是两方章，章都很小，一方是朱文"唐顺之印"，略大。一方是白文"荆川"，略小。两方印章都正方。虽然过了四百五十多年的时光，印色依然鲜红。只可惜绢面上略有虫蛀，倒显得更加古雅了起来。只是裱工揭裱的时候让最后一行的墨有微微的晕泅，竟让人生云烟之叹。唐顺之著有《荆川先生集》一部。但其最著名的文章是《答茅鹿门知县书》，而最耐看的文章倒是那篇《竹溪记》。小的时候这两篇文章真不知读了有多少遍。还有一篇王元之的《黄冈新建小竹楼记》，也不知读了多少遍，弄到最后，倒不知自己是喜欢竹子还是喜欢这两篇文章了。

竹子的好处，周作人写过文章，都细细谈到。那一株株长在知堂文章里的竹子想必是杆杆细瘦，说到竹，瘦才见风致，碗口粗的大竹怎么可以入画？三十年前的一幅《毛竹丰收》画的就是碗口粗的大毛竹，现在看来是太少了一些传统笔墨的风韵，而多了一些时代的豪壮之气在里边。郑板桥的竹子根根细瘦，正是文人的风骨。竹子的好处真是太多，从小件的桌椅板凳到大件的桥梁竹楼它都可以出场。如说到吃，更是没有什么菜蔬可以替代竹笋。清炒竹笋不可加一点点酱油，要的就是那细净的白爽。夏天纳凉最好是湘妃竹榻，先用水泼过，再用湿毛巾揩净，躺在上边看书也真是写意，这时候如果是老黄花梨和紫檀，就不大对路。写小楷，枕腕的竹搁最好是浅刻了山水的那种，时间既久，竹色深红如波斯老琥珀，那上边的山山水水都像是从历史中努力挣扎出来一样让人心疼。

竹子的好处太多，历代的文人骚客都努力想从细瘦的竹子里寻找出一些做人的道理来，"虚心"的教义正好用竹子来说明，而"有节"却来得更加直观。竹子给中国人做了多少年的德育教材还真不好说。中国人善于向自然中索取，不仅仅是实用，更重精神。中国人的生活中其实是充满了烂漫的诗性，梅花开在风雪里多多少少有些让人观赏不便，但中国人要的就是风雪中的梅花，撑一把红纸油伞，顶着风雪去赏梅，其实是自己已不觉走进了诗的意境。

我常常想，如果有可能，在什么地方盖那么两三间竹楼，在里边读读书倒是一件快事。

最好是，竹楼的南窗可以看远山之岚气，竹楼之北窗可以细读后山上那细细的一道瀑布。最好还可以在竹楼里边弹琴，弹琴的时候，几上要有一炉好香，一瓶瘦梅，一盆幽兰。而深夜读书的时候外边最好是连天大雪，或者是大风雨，或者是可以闻到远远的虎啸，而最好又是古典文学中描写的那种"渐渐叫过那边山冈去了，远远的，又昂的一声"。但时代变了，山中的老虎几乎已经绝迹，世上的猫猫狗狗倒是格外地多了起来。如真有一座竹子的小楼，风雪阴晴，四面的楼窗我想都不必上，窗外要有丛竹，要有几树梅花，住在这样的竹楼里，倒不必再挂荣宝斋水印的板桥竹子四条屏和金农圈圈点点的梅花。

竹子的好处太多，所以便常恨北方之少竹。北京虽有竹子，却都瘦瘦的长在旧宫苑里，是劲健不足而瘦弱有余，大抵和芦苇相去不远。

1958年的麻雀

我父亲把麻雀叫做"家雀儿",之所以在雀字前面加了一个家,也许因为麻雀喜欢住人家的房檐,所以也招人烦,叫得让人烦。我现在住的顶楼的瓦片下就住着一窝麻雀,那片瓦稍稍朝上翘了一点,那窝麻雀就因地制宜地住在这片瓦的下边,我每天从窗里看着那两只老麻雀忙来忙去,但就是看不到小麻雀露面。那天有工人上来修房顶,我忙对他说"别踩那片瓦!"那个修房顶的工人说他已经看见了,那两只老麻雀急得什么似的,在不远处飞来飞去。还有一天下大雨,我站在窗子前看着那片稍稍翘起来的瓦,看着雨水"哗哗哗哗"在上边流,我想瓦片下的那麻雀一家子日子肯定不怎么好过,那瓦片之下,一共有几只麻雀?两只老麻雀,再加上几只小麻雀?三只?四只?白天日头那么毒,它们热不热?

麻雀是鸟类,它们不会写历史,如果它们会写历史,那它们一定会对人类充满了不满,饭店里有一道菜是"椒盐油炸麻雀",一盘子上来,顷刻便会被人们吃光,是嚼之有声,"咯吱咯吱,咯吱咯吱"，麻雀小，一下油锅，连骨头都酥了。这种东西我向来不吃，我也不知道那么多麻雀是怎么弄来的？人类对付麻雀是有经验的。古时的人们向来认为麻雀是性欲旺盛的家伙，可以大大地把人类的阳壮一下，让人们普遍地兴致勃勃起来！"雀脑"是著名的壮阳药。八大山人是观察过麻雀的，在他的笔下，一只小麻雀，发了情，耷着翅膀，翘着尾羽在那张价格想来应该是十分不菲的纸上跳叫。八大山人的观察能力真是非凡。

麻雀不会写历史，如果会写历史的话，1958年对麻雀来说是个十分坏的年头。麻雀的名声在那一年算是坏到了家。人们不但把麻雀归到了"四害"里边，而且排在最后一个。那一年人们要灭绝麻雀，但终归无法灭绝，至今麻雀依旧四处跳叫生机无限。

我个人比较喜欢听麻雀叫，早上，是一片声的合唱，在太阳刚刚升起来的那一刹那，麻雀会一片声地叫起来。晚上，麻雀会落在树上叫，也是一片声地叫。郑板桥好像也喜欢听麻雀叫，他在他的一封信里还说过养鸟的最好办法就是种树，有树鸟就有好日子过。但也有人不喜欢麻雀的叫声。有回忆文章说毛泽东总是晚上不睡白天睡，早上就得有人站在丰泽园的树下赶麻雀，用一个长竹竿子，上边绑个布条子，那是只能赶，又不能打枪，又不能大喊，更不能用机关枪和原子弹！我想毛泽东是讨厌麻雀的，昔年读毛泽东的诗词《鸟儿问答》，那诗里的"雀儿"，虽没写明是什么鸟儿，但我马上明白那一定是麻雀。麻雀有那么让人讨厌吗？人们把麻将又叫做"雀牌"，是嫌它吵，洗牌的时候可不是吵，半夜三更，简直就像是一群麻雀在叫，尤其是在夜间。这是一种对"雀牌"为什么叫

"雀牌"的上海方面的解释。

宋人画麻雀画得真好,曾见宋人《竹雀图》,竹、雪、麻雀,年代既久,颜色脱略,却让这幅画更加的耐看。我以为,工笔的麻雀要比写意的麻雀来得好,但当代画家画工笔麻雀的很少。"雀"与"爵"几乎同音,古人多画"麻雀"其用意不难诠解。

我看到过1958年的一幅老照片,几个人站在一个很大的"什么堆"旁,看照片说明,再仔细看那个"什么堆",才知道那"什么堆"原来就是死麻雀堆。看这样的照片,令人内心戚然。

小时候我养过麻雀,麻雀的小爪子最娇嫩而怕热,所以不能用手去握它。麻雀吃虫子也吃粮食,但如果有虫子,它就不吃粮食,道理十分简单,虫子毕竟是肉。麻雀不是候鸟,冬天来了,它们也不搬家,到了大寒,麻雀像是不知道都去了什么地方?也许都冻死了?其实它们还都活着。倒是下大雪对它们不利,连日大雪,麻雀找不到东西吃,飞来飞去,跳来跳去,然后不动了,躺在那里,一顺儿,两只粉红色的小爪子朝后蹬,也是一顺儿,死了。让人心里感到戚然。

最好听的声音莫过于雨后,太阳出来,满林子的麻雀一起放声喧叫,好听!不管是谁,睡不着觉是自己的事,与人家麻雀有什么关系?

荷花记

有朋友请我喝"莲花白",先不说酒之好坏,酒名先就让人高兴。在中国,莲花和荷花向来不分,莲花就是荷花,荷花就是莲花。但荷花谢了结莲蓬,没听过有人叫"荷蓬"的,从莲蓬里剥出来的叫"莲子",也没听人叫"荷子"的。荷花是白天开放晚上再合拢,所以叫荷花——会合住的花。我想不少人和我一样,一心等着夏天的到来也就是为了看荷花,各种的花里,我以为只有荷花当得起"风姿绰约"这四个字,以这四个字来形容荷花也恰好,字里像是有那么点风在吹,荷花荷叶都在动。

荷花不但让眼睛看着舒服,从莲蓬里现剥出来的莲子清鲜水嫩,是夏季不可多得的鲜物。如把荷花从头说到脚,下边还有藕,我以为喝茶不必就什么茶点,来碗桂花藕粉恰好。说到藕粉,西湖藕粉天下第一,有股子特殊的清香。白洋淀像是不出藕粉,起码,我没喝过。那年和几个朋友去白洋淀,整个湖都干涸了,连一片荷叶都没看到,让人心里怅惘良久。说到白洋淀,好像应该感谢孙犁先生,没他笔下那么好的荷花,没他笔下那么好的苇子,没他笔下那么好的雁翎队,没他笔下那么多那么好那么干净而善良的女人们,人们能对白洋淀那么向往吗?在中国文学史上,孙犁先生和白洋淀像是已经分不开了。1981年天津百花社给孙犁先生出八卷本的文集,我拿到这套书的时候,当下就在心里说好,书的封套上印有于非闇的荷花,是亭亭的两朵,一红一白,丰神爽然。这套书印得真好,对得起孙犁先生。于非闇先生的画也用得是地方。画家中,喜欢画荷花的人多矣,白石老人的荷花我以为是众画家中画得最好,是枝枝叶叶交错穿插乱而不乱,心中自有章法。张大千是大幅好,以气势取胜,而黄永玉先生的红荷则是另一路。吴湖帆先生的荷花好,但惜无大作,均是小品,如以雍容华美论,当推第一。吴作人先生画金鱼有时候也会补上一两笔花卉,所补花卉大多是睡莲而不是荷花,睡莲和荷花完全不是一回事,睡莲是既不会结莲蓬又不会长藕,和荷花没一点点关系。有一种睡莲的名字叫"蓝色火焰",花的颜色可真够蓝,蓝色的花不少,但没那么蓝的!不好形容,但也说不上有多好看,有些怪。

夏天来了,除绿豆粥之外,荷叶粥像是也清火,而且还有一股子独特的清香。把一整张荷叶平铺在快要熬好的粥上,俟叶子慢慢慢慢变了色,这粥也就好了,熬荷叶粥不要盖锅盖,荷叶就是锅盖,喝荷叶粥最好要加一些糖,热着喝好,凉喝也好,冰镇一下会更好。荷叶要到池塘边上去买,过去时不时地还会有人挑上一担子刚摘的新鲜荷叶进城来卖,一毛钱一张,或两毛钱一张。现在没人做这种小之又小的生意了,卖荷叶的不见了,卖莲蓬的却还有,十元钱四个莲蓬，也不算便宜。剥着下酒，没多大意思，只是好玩儿，以鲜莲蓬下酒，算是这个夏天没有白过。有人买莲蓬是为了喝酒，有人买莲蓬是为了看，把莲蓬慢慢放干了，干到颜色枯槁一如老沉香，插在瓶里比花耐看。夏天来了，除喝花茶之外，还可以给自己做一点荷心茶喝。天快黑的时候准备一小袋儿绿茶，用纸袋儿，不可用塑料袋，一次半两或一两，用纸袋儿包好，把它放在开了一整天的荷花里，到了夜里荷花一合拢茶也就给包在了里边，第二天取出来沏一杯，是荷香扑鼻，喝这种茶，也只能在夏天，也只能在荷花盛开的时候。

我喜欢荷花，曾在露台上种了两缸，但太招蚊子，从此不再种矣。

那年去山东蓬莱开会，随大家去参观植物园，看到了那么一大片的缸荷，有几百缸吧，一缸一缸又一缸，人在荷花缸间行走，荷花比人都高。荷花或白或红或粉，间或还有黄荷，但也只是零星的几朵。我比较喜欢粉荷，喜欢它的袅娜好看，粉荷让人想到娇小妙龄的女子，白荷和红荷却让人没得这种想象。刘海粟和黄永玉两位老先生到老喜欢画那种大红的荷花，或许是岁数使之然，衰败之年反喜欢浓烈。红还不行，还要勾金，是，更烈。

草虫

近百年，或者简直可以从瘦金体的宋代一直说到现在，白石老人无疑是画草虫最好的画家之一。白石老人的魅力在于他的兼工带写，写意的花草蔬果与工笔的草虫，二者相对，笔墨情趣，相得益彰。那一年，我十八岁，对古都的北京还不十分熟悉，背着一个小挎包，一头的汗，好不容易找到了跨车胡同，是，很一般的那么一个四合院，是，很一般的那么一个小院门，门左墙上镶一块白石，上镌四字：白石故居。当时我的激动是想一下子就进去拜一拜，看看白石老人的画案或画案上应有的文具，但院里的人神情都十分的冷漠。现在想想，去跨车胡同拜访白石故居的人一定很多，住在这院里的人，想必应该是白石老人的后人，一年三百六十五天不知要受到多少进进出出的打扰，想清静亦不可得。就像我后来与天姥山的朋友永富去黄宾虹老先生杭州栖霞的故居，院子里的人，想必也是黄宾虹老先生的后人，神情也是冷冷的，现在想想，可以理解，一家人过日子，未必非要穿金戴银，但"岁月静好"这四个字是一定要的。

北京的老四合院,一年四季,风霜雨露,花开花落,蝴蝶啊,蜻蜓啊,蚂蚱啊,知了啊,蛐蛐啊,该有多少的草虫可看。北京的老胡同里到了夏天还会让人看到很多紫得吓人的扁豆,扁豆是紫的,但花却是红的,好看。还会看到凤仙,凤仙的好看在于它几乎的半透明,用北京话是"水灵",所以才好看。白石老人画过不少这类东西。在北京,到了秋天还有老来红,开花红紫一如大鸡冠。这些东西老人都能看到。老人画草虫,喜题"惜其无声",或一片怜爱之心地题"草间偷活"。白石老人所画草虫多多,连臭虫和屎壳郎都画。老人曾画屎壳郎,上边题曰:"予老年想推车亦不可得。"屎壳郎滚动粪球和老汉推车相去大远,一个头朝前,一个要头朝后。所以有人说白石老人这是隐语。此画虽无明确年款,但就书法风格和画风而言,当是白石老人八十后的作品。八十岁的老人是不宜去"推车"或"挑担",怎么说呢,或去"拔葱"。

白石老人看大风堂主画知了,知了头朝下,便对大风堂主说,知了无论落在哪里头都是一定要朝上。而白石老人自己画知了也常常头朝下。白石老人画蝗虫,大多头朝左,为其手顺。老人画虾,鲜有头朝右的,大多头朝左,也是为了手顺。鱼也这样,大多都一顺儿朝左边去,有头朝右的,但很少。小时学画,朱可梅先生一边笑一边对我说这些事,说多画一些头朝右的,不要到老养成毛病改不了。四十年过后,现在画册子,不才笔下草虫朝左朝右,居然手顺。朱可梅先生教予画草虫,每每以一字论之,画蝼蛄要把气"沉"下去,画蚂蚱其气要往上"扬",画蛐蛐要取一个"冲"字，画蜻蜓要"抖"，画蝴蝶要"飘"。亦是对白石老人草虫最好的总结。

　　白石老人的画是越简单越好看，草虫册子便如此。白石老人画一青花水盂，盂里一小水虫，在游动。白石老人画蜘蛛，是画肚皮那边，交错的几笔，就是蜘蛛，不用说明。白石老人画草虫得其神。工笔草虫太工便死，爪甲须眉笔笔俱到，神气往往会一点全无。白石老人之工虫，虽工却有写意的味道，老人善用加减法，虽是工笔，但该加则加，该减则减，虾的腿多，老人只画几笔，愈见神采。老人画蟋蟀、画苍蝇，虽小却神气毕现，像是马上会弹跳起来。老人画蚂蚱，前边四条小腿上的小刺全部减掉，是更加好看，而画灶鸡，却把腿上的毛刺夸张出来，是愈见神采。这便是艺术。说到小小的草虫，白石老人像是特别看重自己笔下的蜜蜂。白石老人一生曾多次自定笔单，1920年所定的笔单是这样："花卉加草虫，每一只加十元，藤萝加蜜蜂，每只加二十元，减价者，亏人利己，余不乐见。庚申正月除十日。"这蜜蜂，当然是飞的那种，近看，是浓浓淡淡一团，远看，嚯，一只蜜蜂正飞过来。

　　白石老人题草虫"惜其无声"是自赞一语。

　　白石老人题草虫"草间偷活"，或亦是自况，却让人味其酸楚。

纸上的房间

很喜欢王时敏的一幅画，画面上重山叠嶂，林木相当幽深，当然还有细细亮亮的泉水从山上一级一级很有耐心地跌落。林木之中有小屋数椽，有一眉清目秀书生模样的人正在里边捧着书读。那山，那水，那画中的幽气真是让人想在世间找这么一处好地方，也好让人能在那里听听泉，读读书，写写字，看看帖，寻寻涧边细如发丝的幽草，访访世上大如车轮的旷世奇花，这才是神仙过的日子。但世上没有这样的好地方，这样的地方也只有在画中才能找到，我想正因为如此，人们才会喜欢绘画，才会喜欢倪云林和龚贤。

文人们的书屋大多也都建筑在纸上，所以我们把这些房子只能叫做是纸上的房间。文人们也只好在纸上建筑他们的房间，一是文人总是穷；二是文人总是有很多的想法而无法一砖一瓦地真正实现起来。一旦实现起来又总是多灾多难，一如丰子恺先生的缘缘堂，给先生善良的心灵带来多少打击和创伤。什么是文人？文人大多是耽于幻想的人，神经总好像多多少少有些毛病，但这种毛病在某种时候又是好事,能安慰文人们纤细而敏感的心灵,比如没有房子可住,他却可以给自己取一个"万亩园"的堂号。比如他住的只是一间小小矮矮的老平房,他却可以给自己取一个"听风摘月楼",文人是什么样的人?文人是可以苦中取乐的人,如果他不可以苦中取乐,他又有那么多知识,那他的痛苦就一定要比别人来得更多。我的一个朋友,住着一套糟糕的楼房,楼上总是往他的家中漏水,小区又总是不好好给修,水就那么一年四季涓涓不止,后来他干脆给漏水的地方开了一个小小的水道,用塑料管子把水接到阳台上,阳台上就经常那么"飞流直下三千尺",我的朋友居然安之若素,并给自己的书屋取名为"听泉书屋"。

文人活在自己的精神田园里,文人的精神田园空前漂亮而且是要什么有什么,梅花、竹子、兰草、太湖石样样都有,如果他别出奇想,连原子弹和轰炸机他都能拥有。还是那句话,什么最丰富,想象最最丰富,只要饿不死,一个人就可以想象,就可以在想象中得到无边的乐趣。

还是说纸上的房间吧。

我的好友书法家殷宪的书房叫"持志斋",因为他的北方口音,便让人听成了"吃纸斋"。什么才吃纸?我和他开玩笑说老鼠才吃纸,光吃纸行吗?还不饿坏,不如到"黍庵"讨些黍子吃为好。殷宪先生便又和我开玩笑,写一横披,上边写"黍庵"二大字,其左并有小字题跋,这题跋便是书生面目,竟有些学问的味道在里边,说什么"黍乃一种北方农作物,我们北方人吃黄糕离不开黍,黍一旦剥了皮子便叫'黄米',黄米何物也,俚语便意之为妓"。

调笑归调笑，文人的气节不能丢，穷虽穷，文人的面皮却要比千金都重。我的另一个诗人朋友力高才，其书屋取名为"耕烟堂"。这堂号取得让人胆战心惊，不是在云里耕，在云里耕还能耕出些雨来，他是在烟里耕，烟熏火燎且不说，从烟里掉下来可怎么好？我说他的堂号是无理取闹，即使理解为一边大抽其烟一边笔耕不辍也不好。青年书法家李渊涛的书屋名字是"清吟书屋"，吟分清浊可见其志向果然不同凡响，但不知他在他的小小屋子里怎么清吟，或者他自己觉得太冷清，取这么个堂号，希望别人去和他管弦和之？我的朋友武怀义的画室叫"大真禅房"，怎么大？怎么真？怎么禅？也让人说不来，我给他的禅房送了一幅对子，上联是"横涂竖抹俱入画"，下联是"吃饭穿衣亦为禅"。老百姓的禅是什么？便是穿衣吃饭。

中国的文人们习惯给自己的小小住所起堂号，那都是些建筑在纸上的房间，纸上的房间总是能给人更多的想象，而想象可以使一个人生活得更浪漫一些。这是文人们给自己落实住房政策的一种方法，倒不必考虑是否超了平方米。如果考虑平方米面积，我的朋友米来德的书屋的名字直要把一些人吓死，他书屋的名字是"万山排闼入窗共乐居"。这让人想到了地震，想到山摇地动，但他喜欢山，你也没有办法。我们现在的住房能看到山吗？站在阳台之上，我想能看到的也只是下边灰灰的平房屋顶和左左右右遮得连太阳都让人晒不到的楼房。你无法在城市的地面上建筑你心想要的房子，所以，你最好在纸上建筑你美丽的房子。

纸上的房子最美丽也最坚固。

读画说大小

今年夏天冒着很大的雨看了一回画展。

那天从三联书店一出来雨就骤然而至,正好走到美术馆的前边,便湿漉漉钻到美术馆的展厅里。因为是刚刚从画家胡石的家里出来,还见到了正在画鸭子的清瘦的周亚鸣,所以说这天真是与画有缘。外边既下着大雨,展厅里人既少,正好细细看画,所以这一次看画看得居然十分认真。

人的兴趣总是时时在变,近几年,我忽然开始喜欢起人物画来。尤其是面对古典人物画,总想知道古时候的人穿些什么?吃些什么?用些什么?在那里做些什么?尤其是读了作家沈从文的那本《中国古代服饰研究》,才知道沈从文先生治学态度之严谨,有什么才说什么,就文物而说事情,有根有据,从不臆造。又比如王世襄老先生研究明清家具,也离不开古代的绘画。什么椅子?什么桌子?紫檀花梨,鸡翅铁力,"霸王枨"和"矮老"怎么用场?都是根据画上画的再结合实物搞得清清楚楚。早先看画真还不知道画会有这样大的好处。

中国古典的人物画存在一个问题，就是画面上的主要人物与次要人物往往大小悬殊。比如阎立本的《步辇图》，图中唐太宗的头部几乎要比抬辇的宫女的头大一倍还多。比如孙位的《高逸图》，卷中贴近主人正给主人殷勤献酒的奴仆的头部要比主人小几乎三分之一，其他主要人物与次要人物也均如此，大小根本不合透视比例。中国画的写意性与人物之间大小不合比例往往让外国学者目瞪口呆不得要领。传统笔墨竟然会如此：为了突出主要人物，其他人物一概都可以大大地缩小。就像上次外出，车在高速公路上行到一半，公路忽然被封闭起来，所有的车子只好都原地不动被堵在那里。原以为是公路上出了什么问题，比如有了重大车祸，想不到却是有重要人物路过，所以要封闭高速。当时心里还有些不平之气，现在想想也就想通了。为了突出主要人物，其他人完全可以一律缩小，在大人物面前，一切其他人物都应该像古典人物画上的次要人物一样缩小到最小程度，一如芥子，或者完全不必存在。

因为躲雨，意外地看了一次画展，有了新的进步和认识。第一点，古时候的人物画往往不是画家在那里画着玩玩儿，而是认真的、受雇的、挣了银子的，所以一定要把主要人物画大，让人家高兴。第二点，那些次要人物又算是什么东西？只是道具而已，所以尽可能地画小，越小越好的道理在于要让主要人物看了高兴，但绝不能小到没有，没有了就没了衬托。1875年，也就是清代的光绪元年，申浦两宜轩为皇室制作礼品专门送外国使者，这礼品是地图，做扇面形，既是地图而又要做扇面形，不合理却美观。这图便叫

《大清一统廿三省地舆全图》，此图遵照上边的意思把日本、朝鲜画得格外大，大到格外不成比例。但这是上边的意思。上边的意思是：这扇形的地图既然是送给外国人的，所以要把他们的地盘画得大一些好让他们高兴，即使人家不高兴，起码也不敢惹人家生气。

看画展的时候外边雨下个不停，这正好让人思考许多问题。什么是大，什么是小，什么是比例，原不只是一个尺寸问题，也无关审美。就好像高速公路上那样多的车辆，会忽然一下子被忽视，被堵在那里不许动！不知道美国有没有这样的怪事？在埃及的绘画里，小人物一例也小，小小的跪在那里衬托着那些伟大的人物。历史是什么？历史只是一条不断延伸的线，这条线太长，需要用时间来丈量它的长度。时间过去了几千年，什么是大？什么是小？到今日还真让人不好说。想一想那些被封闭在高速公路上绵沿十几里的车辆，再想想古典画面上那些比主要人物要小到好几倍的次要人物，心气竟然也能渐渐平和下来。

《腊梅山禽图》的细节

北方没有梅花,要看梅花只好到公园或去面对让龚自珍生气的梅桩盆景。盆景梅花毕竟是盆景,一个人面对一盆梅花,不知是人在那里孤芳自赏还是梅在孤芳自赏?反过来说一句,真不知孤芳自赏的是人还是梅?梅花的香,细究起来,之所以让人觉着特别的香,问题在于这时候除了梅花确实还没有其他的花,既无花,何谈香哉?所以梅的香是只此一家。梅花中,我最喜欢的是白梅,当然最好是绿萼,开起来让人觉着有无限的春意在里边。朱砂梅固然好,但是太热闹,太热闹的东西我总是不太喜欢,但想起《红楼梦》中宝琴抱的那一大枝红梅,却又让人觉着好,红梅要衬着白雪才好看,但白梅亦要雪来衬着才更妙。王安石的"墙角数枝梅,凌寒独自开,遥知不是雪,为有暗香来",写的就是白梅,而字面上没一个白字,真是妙哉。梅与雪一色,浑然难辨,当然只能靠香气来感觉梅在雪中的傲然存在。传说中袁中郎儿歌风的那首诗我也喜欢:"一片两片三四片,四片五片六七片,七片八片十来片,飞入梅花都不见。"也只能是写白梅。多么好的境界,那该是多么密急的雪,直飞到一大片的白梅里去。

身在北方,看雪的机会太多,但看梅就只能对着盆梅想象江南的香雪海。今年去了一趟南京,是专门去看梅,却上了新闻媒体的当,电视画面上的梅已经是开得沸沸扬扬,但现实中的梅花却还没怎么开,要说开也只是星星点点,无论红梅还是白梅都还是满树满枝的花骨朵,倒是腊梅正开得好。腊梅真是香,离老远就能让人闻到,远远地、远远地就香过来。北方没有腊梅,远远地闻过香后,然后过去细看,却让人吃一惊。腊梅当然是黄的,颜色像是有几分透明,像是受了冻。让人吃惊的是腊梅的花瓣既不是五瓣儿,也不是冬心笔下的一个圆圈又一个圆圈,圆圈圆圈又圆圈。腊梅的花瓣是十多瓣儿,分两三层,花瓣儿是尖锐的三角。这忽然让我想到了宋徽宗的《腊梅山禽图》,当初看这幅画,心里还觉得十分不解,萱草和腊梅在一起开花可以让人理解,艺术既不是自然中物,时序自然可以被打破。但让我感到奇怪的是徽宗笔下的腊梅怎么会是那么多瓣儿,重瓣儿梅可以多瓣儿,重重叠叠十多层都可以,但梅花的花瓣儿怎么会是尖锐的三角?当时还觉得是徽宗的笔误。殊不知却是自己的不对。艺术家的徽宗向来是重写生也提倡写生,关于孔雀升阶先举哪条腿已成艺坛佳话。看了南京的腊梅才知道徽宗的创作态度真是极其严谨。艺术从来都离不了想象,但从来都不能只靠想象来完成。

我很喜欢作家汪曾祺的那篇写他故乡花木的随笔,他说他的故家有一树老腊梅,年年腊梅要开花的时候他会爬到树上去摘一些下来，给家中的女眷戴。而且说到腊梅中的"狗心梅"和"檀心梅"，我在南京看到的腊梅花便是檀心梅，花心做深紫色。当时摘了满把放在衣服口袋里，到第二天还在香。从南京到扬州，瘦西湖两边的腊梅也黄黄的刚刚正开，远远的香气拂然而至，让人顾不得和年轻的船娘说话。

　　看了腊梅，想想自己最初看徽宗的《腊梅山禽图》时对徽宗的不满，真是让人惭愧，艺术要的是认真，做人做事也要的是认真，自己没有见过的东西最好要亲自看看才好，"艺术"二字首先是要从眼上过然后再从心上来，做人做事也如此，先要从眼上过，再从心上来。这倒是去南京看梅花最大的收获。至于满坑满谷的梅花的那种气势倒在其次了。几百株几千株的梅花一齐开放如雪如海，当然让人感动，但要领略梅之真韵，还要一株一枝一朵地细细看来，不细看，只远远一望，岂能知道腊梅为何物，这样看，恐怕是到死不知腊梅。

大觉寺的玉兰

我对西山大觉寺一无所知，那天在二月书坊喝完当年的新茶，怀一说去大觉寺怎么样？去看玉兰怎么样？天已向晚，大家便马上雀跃下楼登车，同往者画家于水夫妇、女画家姚媛、怀一和世奇。今年的玉兰开得算是晚了些，在北京，有正月初六玉兰便开花的记载。

曾在日本吃过用玉兰花炸的"天妇罗"，不怎么好吃，也不香，没什么味儿。在家里也自己做过，也不香，但感觉是新鲜，是在吃新鲜，在我周围，吃花的人毕竟不多。印象中云南那边的人喜欢吃花，请客动辄会上一盘什么花吃吃，常吃的是倭瓜花，夹一筷子是黄的，再夹一筷子还是黄的，很香。

那一次在上海虹口公园，只顾抬头看鲁迅先生的塑像，像是有人在我肩头轻轻拍了一下，回头才发现是玉兰树上血饼子一样的果实落在我的肩头，广玉兰要比一般玉兰高大许多，开花大如茶盅，结籽红得怕人，一阵风起，是满地的西洋红。

小时候喜欢齐白石的画，总以为他画的玉兰是荷花，奇怪荷花怎么会那么长？我生长的地方敝寒而无玉兰，近年有了，也长不高，种在向阳背风的地方也居然开花，零零星星几朵，倒疏落好看，全开了，闹哄哄反而不好，让人睁不开眼睛。

大觉寺的玉兰在黄昏时分看去有几分让人觉着伤感，花事已近阑珊，树下满是落花，"四宜堂"院内的那株却让我们十分惊喜，一进院子迎面那几枝像是刚开，尚没染一点俗尘，是玉洁冰清，像是在专门等待着我们，我在心里想，这或许真是一场等待，人和植物之间有时候是会产生"爱情"的——那简直就是爱情。

那天晚上，喝过酒，我又出去看一回玉兰，如果月色好，当是一片皎洁。

早晨起来，第一件事又是去看玉兰，"憩云轩"院内的那株，上边已枯死，下边又蓬勃如翼地蓬勃起来。与怀一在树下争论玉兰花花瓣是奇数还是偶数，结果输与怀一，怀一当即念出金农的玉兰诗句："明月下中庭，谁遗一枝玉。插上美人头，斜压乌云白。"玉兰花瓣三三三交叠，正好是九瓣，九在中国是个绝好的数字，当即觉得玉兰更加大好起来。

大觉寺除了玉兰还有古柏可看，前人多好事，喜欢在柏树树身的裂隙处再补种它树，如黄陵的那株"英雄抱美人"便是一株柏树树身里另长一株会开花的树。大觉寺的名树之一便是那株著名的"鼠李寄柏"。但更让我想不到的是在这里看到了娑萝，高大的娑萝才发出新叶，叶大如掌，紫红八裂。

站在娑萝树下想起金农画的娑萝，像是十分写生。

大觉寺在辽代叫"清水院",忽然觉着还是"清水院"这三个字好,让人想到水"活活活活、活活活活"的清亮流动,比"大觉"这两个字好,世上真正能大觉的人有几个呢?没几个。

说到玉兰,我宁肯叫它"清水院的玉兰"。

傅抱石先生

傅抱石先生据说很能喝酒,酒量也好。我见过他几幅画,上边落款即为"酒后作",或"喝了半斤后画此幅"云云。我总喜欢拿傅先生和徐悲鸿先生相比,因为他们两个人的经历差不多,都出国学画,虽方向有别,一东一西,但我个人还是喜欢傅先生,徐悲鸿的画我不太喜欢。我以为中国画就不可以与西画嫁接,苹果和梨嫁接在一处叫苹果梨,我最不爱吃这种怪东西,我个人的态度是:要吃梨就吃梨,要吃苹果就吃苹果,味道要纯粹一些。

傅先生的名气之大,可能与当年他和关山月合作那幅人民大会堂里的《江山如此多娇》分不开,那幅画可真是大,据说光花青就用了几十斛!但那幅画也是"只可远观而不可近看也",本来中国画就有中国画自身的尺幅要求,画那么大幅的画是时代要求使然,而不是国画自身的要求。那年我去大会堂,说什么都要离近了看看原作,朋友带我看了一下李苦禅的大幅,离远了看好,离近了看可真不好,我这么说也许也不对,那样的大画本来就不是让你离近了看的东西。又离近了看傅先生和关先生的《江山如此多娇》，怎么说？也觉得不好，感觉是颜色都浮在上边。还有一次，在中国美术馆看刘海粟的《荷花》，可真令人失望！而那次同时看钱松岩的《红岩》，却真好，令人感动。有些画是印刷出来像回事，看原作太差，有些画是印出来好，看原作更好！钱松岩先生就这样，钱松岩只一幅《红岩》便压倒众家，抽去它的政治因素，还是好。不管别人怎么说，我喜欢钱松岩先生。

　　傅抱石先生的山水在技法上有独创，是感觉特别好，是中国人的感觉，换句话，是中国画的感觉，他笔下的芭蕉、松树、竹子，他笔下的烟岚雾气，都是从中国画深处吹来的习习清风。说到用笔，傅先生真是写意高手，意到即止，大气磅礴，而且愈是小品愈显大气，这不是一般人所能做到的。傅先生于1948年画的《赤壁舟游》真是简得不能再简，一叶小舟，三个人物，远处几笔山石把画的上部几乎全部占去，再加上几个大浓墨点，苏东坡游赤壁这个题材真不知道有多少人画过，画面多是远山近山再加上那一个圈儿——月亮。而傅先生这幅东坡游赤壁图几乎把可以减去的都减了，但是真好！东坡游赤壁傅先生画过不止一次，但要数这一幅最好。傅先生的好，更好在人物。傅先生的《虎溪三笑》，站在中间的道士陆修静，你看看他那张嘴，一个淡黑点，只么一点，换个人就是画不来，《虎溪三笑》傅抱石先生生前画过不止一次两次，我以为最数1944年这一幅精彩！画古典人物，或古典人物作画，我最喜欢两个人，一是陈老莲，另一位就是傅抱石先生。这两位相隔三百多年的大画家的人物都画得令人叹绝。傅先生的人物每个都很古，是古人的脸，古人的神情，谁见过古人的神情？谁也没见过，但你觉得古人的神情就应该是傅先生笔下的人物那样！说到人物画，能把人物画古了太不容易，傅抱石先生的《九歌》《屈子》《司马迁》《陶渊明》，还有《竹林七贤》，那一张张脸！都憔悴惆怅！让你觉得他们的心绪或许都有那么点不佳，他们的身体都有那么点营养不良，画于1945年的《蕉阴煮茶图》，我们知道一个人有闲心闲情才会坐在那里煮茶品茗，但画中的人物神情依然是惆怅憔悴。我常想，傅先生笔下的人物也许是傅抱石情绪的真实写照。也许是那个时代人们的心绪写照。论到傅抱石先生人物之"古"，好像同代的画家无出其右者。

相对傅抱石先生的山水，我更喜欢他的人物。

昨夜和朋友喝酒，回来看傅先生的人物，忽然想，傅先生要是活着，我要敬他酒。

说到人物画，前不久用八十六元买了一本黄永玉的《大画水浒》，回来打开一看，几乎把眼睛坏掉，赶忙再找出傅先生的人物洗眼洗脑，好不容易才把感觉找回来。

金农的梅花与字

八怪之中,金农似乎是个领袖,首先是诗好,说到诗好,他更是八怪之首,连郑板桥都好像要让他一步。画家与画家之间,作家与作家之间原是不能相比的,各是各的事,是各有擅长。金农是奇思妙想,但他的大部分的好也停留在"奇思妙想"之上。用我老师可梅先生的话就是"金农知画而法不备"。但是,金农有两样好,梅花和他的书法,一般人无法与之相比。我喜欢金农是从他的《冬心先生集》开始,这本集子的序写得深获我心,简直是画家向世上发表的一篇美的宣言,金农先生的这篇序我不知读了有多少遍,读毕,总要闭着眼想想序里的那种境界,觉得如果能永远待在这篇序里该有多好。

金农作画喜欢同样题材反复来画,比如这首:"树阴叩门门不应,岂是寻常粥饭僧,今日重来空手立,看山昨失一枝藤。"金农以这首题画诗反反复复画过许多幅,简直是,每一幅都好。金农的画好,好在总体的妙想上,一个和尚在那里敲门,浓郁的树从墙头里边直长出来,那境界出奇得让人向望。为了一枝藤杖,这个出家人又来了，而这又是个风雅得紧的出家人，一个看山比持经念佛都看得重的出家人。金农之好，不好在技法，而好在妙想之上，在别人不敢想的他都敢想，比如画墙头，一堵墙头，梅花从墙头那边过来，简简单单却有意韵，画面上没有人，却分明又有人在，这个人正立在墙头之下仰着头看别人家院子里的梅花。不知是谁的诗："梅花开时不开门。"梅花在古人的眼里真是性命，不开门一是要自己看；二是怕俗人扰了梅花的清韵。我家养梅花便是这样的心情，今年的梅花是绿萼先开而朱砂随后。梅花开的时候是既想让人来看，又不愿让人来看，想让人来怕乱，不想让人来又怕梅花是白开一场，好东西是要人看的，但你有太好的东西就是怕人看，那简直像是娶了如花似玉的美妾，是想要人看的，却又怕人看。在心里，是火烧火燎。

金农之好，是随笔点染，全不问技法过不过"法"字那一关。比如他的荷塘，一点一点，十点百点深深浅浅的绿便是那荷，一道小小古典廊桥便是看荷的地方，这样的题材他画过不止一次，那荷塘的廊桥之上是有时有人，有时没人，有人没人都没什么关系，那画面总是很吸引人，静中的一种热闹，花开总是热闹的，没人却是冷清，这便让人生出一种莫名其妙的心绪，这心绪又说不清，金农的画里总是有许多说不清的东西在里边。你想提意见的时候在心里又对他佩服得实在了不得，看金农画，完全是到庙里参佛的意思，尘间的细节都没有，但就是要让人把尘间的事一一都想过。金农的画是真正的文人画，如把他许多画上的题画落款抽去，他的画简直就没得看，但题画诗和落款一出现，他的画便马上变得耐人寻味。

金农敢于画不能再简单的画,远处一抹远山,近处是一丛芦苇再加上一抹小沙洲,然后是,一个在那里垂钓的人,太简单,没得看,简单得没得看,宁静得没得看,但一题诗,便了不得。

金农的画是浑然一体的,无可拆分,就像是世上的一种美人,五官眉眼分开看都不惊人,但放在一起却是天下大美。我喜欢金农是从他的文字始,画家怀一也喜欢金农,我送他一本上海古籍的《冬心先生集》,后来我千方百计又找到一本线装本的《金农先生集》,这本书,怎么说,便像是我的别一种《圣经》,总是看,总是看。

梅兰芳先生的拿手好戏有两出,《贵妃醉酒》和《宇宙锋》,每每搬演,光照四座。而金农先生的拿手好戏是他的梅花和漆书。金农的梅花松得来也紧得好,能松能紧,圈圈点点全是诗歌和文人的白日梦!金农画梅,不是一枝一枝长起,也不是一朵一朵开起,是一长就是一大片,淡墨浓点,真是风雅至极,是浩荡的春风手段。春风要花木从冬天里醒来,原不在摇一枝拂一朵慢慢下功夫,而是铺天盖地!站在金农的大幅梅花下,真是让人一时不可捉摸,不知此老是从何处下手,百杆千枝千朵万朵的感觉分明让人觉得你已身在梅林。金农先生的漆书是书法史上的开宗立派,是金农先生方方面面最亮的一面,好得不用再说。

没事翻金农的画和诗文,心里的感慨总是一时好像无法收拾,好而无法说。"知画而法不备"却又每每令人着迷,这便是金农的好,也,便是他的怪,也,便是我无法不喜欢金农的地方。画家粥庵说:"金农题款,天下第一,看似民谚,朴素高深。"

信然!

且说陈老莲

说来也怪,中国古代的那么多画家里,我独喜陈老莲。

前不久半路上遇雨,雨不大亦不小,我从来没有随身带雨具的习惯,想避雨,恰好路边有家小书店,想不到却买到了一本《陈洪绶集》,这本书不厚,薄薄的,里边诗占了三分之二,文章占三分之一。想看看是否有画论,却没有。其实也不必有,陈老莲的画论都一笔笔写在他的画里。我以为陈老莲的画好在人物——《博古叶子》且不用说,《水浒》一百单八将,每人一幅,个个英雄气长跃然纸上。而陈老莲其他画作中的人物却多以文人雅士为主。或在那里聚精会神地赏梅——《赏梅图》便是两个文士,对着石几上的一瓶古艳的梅花,梅花插在古铜瓶里,古铜瓶上有点点三绿,石几上还有一张琴,琴还在古锦囊里尚未取出。或者就是一位刚刚把头发洗过的人物,在那里晾头发,坐在一个天然的石几边,石几上是一盘娇黄的佛手,再就是一瓶花,还有一瓯酒,石几另一边是一张琴。东西不多却样样经典。陈老莲有一张《品茶图》,画上画着两位很古的古人，陈老莲的人物都很古，人物怎么算是古？说不好，看看陈老莲的画就会知道。这两位很古的人物一位坐在奇大无匹的芭蕉叶上，捧着杯，好像是刚刚咂了一口正在那里回味，他的身旁是石几，石几上是茶壶，茶炉，茶炉里的火正红，坐在他对面的人亦是宽袍大袖，亦是手里捧着杯，凝着神气，亦好像是刚刚咂了一口。这位古人面前的石几上是张琴，琴囊是古云纹锦。旁边是插在古瓶里的荷花，三花两叶，不多，却亭亭，而且开着花，荷瓶边是藤子编的画筐，里边是一轴一轴的画。陈老莲用色极妙。茶炉里一点点红，石上一点点红，衬着石上的一点点花青，杯子和荷花上是一点点白，真是美艳。说来也怪，颜色到了陈老莲的手里便妙，便格外的好看，格外地被提示。古铜器上的一点点石绿，美人衣领上那一点点曙红，王羲之手里团扇上的那一点点孔雀蓝和他身后小奴手里鹅笼里鹅头上的那一点点红，简直是好看得不得了。我实在是佩服陈老莲。

陈老莲的人物与任伯年笔下的人物相比，你便会明白什么是典丽。任伯年的笔墨太张扬，尤其是衣纹，密而多，是汉代大赋铺排的写法，我不大喜欢。

常与陈绶祥先生论画，说到陈老莲，陈先生说陈老莲是文人中的画匠，画匠中的文人也。便不得要领，至今依然不得要领。但说来也怪，每次看到陈老莲的人物便会从心里觉着惊喜。倒不在匠不匠文不文之间。陈老莲画中的人物，个个闲散自得，更让人喜欢的是陈老莲画中的梅花、石几、古琴、茶炉、茗碗、佛手、竹枝、老菊，一样一样都好，这些东西现实中样样都有，但样样都没他画中的好！直想让人一下子跳到陈老莲的画里好好儿待上几年，陈老莲的画好，诗却平平。

"久坐梧桐中，久坐芰荷侧，小童来问吾，为何长默默？"

我好像读懂了这一首，却又说不出什么。生活的真实状态往往就是这样，你正在做着什么，而且是不停地做，但往往是你自己也不知道自己在做什么。仔细想想，有时候倒会被自己吓一跳：怎么在做这样的事？你问自己。

陈老莲笔下的人物个个都古拙可爱，就人物画而言，能与他一比的是傅抱石笔下的人物，也个个比较古拙，但傅先生笔下的人物于古拙之上还又多了一些愁苦，为什么愁苦？不得而知，但我想也没人希望傅先生画哈哈大笑的古装人物。

台静农的梅花

和鲁迅有过交往而后来客死台湾省的作家不止一位,而台静农就是其中的一个。

台静农的散杂文十分好,没有一点点废话和骄矜,且以写小说的方法描物状人,所以十分生动。台静农毕生只出版过薄薄一小本随笔集《龙坡杂文》,其中所收文章凡四十四篇,篇篇鲜活好看,写张大千的那篇题名为《伤逝》的文字可以说在众多关于张大千的文字里最好,写张大千在那里作画,许多人围着看,他照画不误,而且越画兴致越高,而且要边画边和客人笑谈,丝毫不影响行笔着色,而且,在场每每人得一幅。每当过生日,台静农照例都要为张大千画一幅梅花以祝寿,张大千对台静农说:"你的梅花好啊!"及至后来我看画册,台静农的梅花果然不错,有骨格和风致在里边,圈圈点点中无俗尘气。台静农不单梅花好,字也写得好,而且好像是来者不拒,直到后来也烦了,写过一篇文字,里边说"我是越写越烦!"到这地步,可见登门求字者有多少。中国作家就书法而言，是当代文学时期的作家大不如现代文学时期，文学素养整体下滑，当代作家的字能够拿得出去的是没几个，而现代文学时期的作家说到书法几乎是个个都好，周氏兄弟两个，郁达夫和茅盾，再如冰心，字都好，郭沫若的字我个人不喜欢，但也好。我读鲁迅日记，最喜欢读他的手稿本，小字写的笔画省略而能让人字字都认识，作为小楷，实属不易。台静农的书法风范是不疾不徐，行书居多，至今我还没有见过他的草书。台静农先生的杂文中，让我最感动的是《辽东行》和《记银论一书》。《辽东行》从一块造像碑的发愿文说起，这铺造像主像已失，只存残座，座上存三十多字的发愿文，我在我的散文集《杂七杂八》里已经提到过这个发愿文，发愿文很简单，只三十多字："咸享元年四月八日弟子刘玄母樊为夫征辽愿一切行人平安早得归过敬造弥陀像二铺。"《辽东行》这篇文章很短，内容却特别的丰富，从有唐一代的征辽，到写到民间的"百姓困穷，财力俱竭"的种种苦难，再到民间的反战情绪——《无向辽东浪死歌》。特别感人的是文章从碑座发愿文说起，十分情深的"愿一切行人平安早得归"，而真实的情况是许多人已浪死辽东，已白骨露于野。我读这篇文章中所录的"发愿文"，一次次领悟到什么是哀婉动人，这边在祝愿远行的人回来，而那边征辽东的战士们却早已可能是"可怜无定河边骨，犹是春闺梦里人"，这里的区别只是不是无定河而已。"可怜无定河边骨"的"无定河"改做"辽河"也许恰好。台静农不愧是文章老手，文章的好处都不在文面上，是那丰沛的情绪感染着你。而另一篇

《论〈银论〉一书》却完全可以说是一篇读起来让人兴趣盎然的学术文章。《银论》一书用现在的话说也可以是《钱币论》，是讲清代钱币的，是书把清代银币作伪的几种常见的而我们现在不可能知道的方法讲得十分清楚，如"坐铅"即币的中间一部分为铅，还有所谓"订心"者，即在币之中心订入三角形或方或圆的铜，又有所谓"白心"者，即中心为银，周围则非铅即铜，又讲当时作伪精妙者以苏州工匠为最。读台静农的这篇文章，让人想象其学人风范！读过这篇《论〈银论〉一书》，好像是，倒不必再读那本银论，对于一般读者，确实如此。《龙坡杂文》一书所收录文字，多与从大陆去台湾省的知识分子有关，行文之字里行间弥漫着一种怀念故园的淡淡的伤感，是挥之不去的一种情绪。《记张雪老》《粹然儒者》突出一个酒字，文人之与酒，似乎是互相亲切，但台静农怀人的篇目里所表达的却是一种借酒浇愁！愁既不可浇，倒让人读他的文章感到伤感。他在《记张雪老》这篇文章中说是介绍张雪老的诗，不如说是在表达自己的胸中惆怅，这首《书闷》："极目云天天自垂，无边风雨自丝丝，人前饮酒歌当哭，未尽胸中一片痴！"

台静农是早期乡土文学的代表作家，关于他的小说不是一言两语可概括得了，我个人，对他的小说仅仅是看一下，我看小说是要看出小说的好处来，也就是，读的时候能让我学到些什么？能让我学到些什么就是它的好处。台先生是写小说的，而我却在他的杂文和所画梅花学到一二好处。台静农先生本人，怎么说呢？好有一比，简直就是现代文学时期移到台湾省的一树"文学老梅"，著花虽已不多，但其珍贵处，真正一如周瘦鹃曾经养过的一盆宋梅，人们珍重它的意思原也不要它开出几万朵的梅花！

存在着便是宝贵，更何况他梅花画得那样好，文章写得那样好。

乡村画匠

在武汉，住在梅岭，整天看装修工在那里整修毛泽东住过的房子，我最喜欢看的还是涂油漆和粉刷这道工序，暗沉沉的屋子只要一经粉刷便即刻会爽亮了起来，往木头上施油漆也是这样。小时候我喜欢的一件事便是看大人在那里粉刷屋子，那种刷房的涂料叫"大白"或是叫"白土"，味道可真好闻，我至今喜欢闻那种土的味道，谁家刷房我都会小站一下，专为闻那味道，是清新，清新之中又有些喜庆的意思，居然是喜庆！因为粉刷房子总是年根儿的事，或者就是谁家要办喜事了，这样一来，连那大白的味道也有了几分喜庆。小时候，因为喜欢这种刷房的味道便让大人以为是我肚子里有了蛔虫，很是吃了一阵子那种尖尖的淡黄色的宝塔糖，那糖竟不难吃。有时候我还会把这宝塔糖拿出来与小朋友分享，你一粒我一粒，大家不亦乐乎。

装修房子是件让人高兴的事，先是乱，然后才一点一点完美起来，最后的工序是油漆，油漆过了，再把房子粉刷一下，一切就都结束了，所以我想起画匠来了。现在这种画匠已经很少看到了，他们是那路走乡串镇的人，话总是不太多，有些清高，背着一个木箱，木箱不大，打开箱子里边是颜料。所谓的颜料就是各种颜色的油漆，里边还有画笔，还有兑颜色的小碗，这样的画匠简直可以说是农村知识分子，你真可以把他们这样归一下类，他们不用种地，他们一年四季到处走动，他们好吃好喝，他们还可以把一些新鲜的事情带到四面八方，他们所到之处，就有人马上会把他们迎进家里，和他们商量墙围子怎么画？灶台怎么画？炕上铺的那块大油布是尤其重要，这大油布的四角都要有图案，中间的图案尤为重要，图案是传统的，都有着美好的寓意，比如喜鹊登梅，比如福禄喜寿，福是蝙蝠，禄是梅花鹿，喜是喜鹊，寿是一个其大无匹的桃子。再下来，是要接着谈一共要用多少油漆，这油漆又该是多少种颜色，这种商讨都是在喜庆的气氛里进行，因为画墙围子和画油布都是在新房子里进行，一切都是兴头头的，一切都是蒸蒸日上的意思。然后是，买油漆，先是黑油漆，画墙围子的四边和画油布的四边离不开黑油漆，然后是黄油漆、红油漆、绿油漆、蓝油漆、白油漆，油漆的颜色好像也就这么几种，而那各种各样更多的颜色却是要靠画匠自己去调，比如粉色的大朵大朵的西番莲，就是要用白油漆去调红油漆。比如有些人家要在油布子上画兔子和西瓜，瓜是要切开的，要红红的瓤子，但还不能一味地红，让颜色死成一片，这又要看画匠的本事，要能调出民间认为最好看的"西瓜水"的颜色。还要和主家商量，墙围子都要画什么花？或者就是苏杭的山水楼台？在北方，天堂般的好地方好像专指苏州和杭州。一个酒令，我一次次地于酒席上划过,开头的帽子就是:"一根扁担软溜溜,我挑上黄米下苏州!苏州爱我的好黄米,我爱苏州的大闺女!"苏杭可真是人们心目中的好地方!一般是,墙围子要是画了山水楼台,那么,炕上铺的油布就一定是花和水果,那年月轻易吃不到的东西几乎都要画在油布上,菠萝啊、香蕉啊,甚至花生和大枣!或者是还有苹果和鸭梨!更多的是花,梅花、菊花、荷花、西番莲,荷花是大朵大朵的,一定是在中央,但更多的人家是喜欢牡丹,那牡丹也一定是画在油布的中央,大朵大朵的红牡丹与黄牡丹,无论外边是什么样,一进屋,这满炕的色彩缤纷和种种的花卉水果会让人一下子觉着日子是火腾腾的。这样的油布,是满炕铺的,那就是,满炕的鲜花和水果、满炕的色彩!躺在这样的炕上,四周的墙围子上又都是山水和楼台。日子再拮据,粮食再不够吃,心里也有了一份儿丰盈,不是物质的,更是精神的。所以那走乡串镇的画匠竟也像是乡村的知识分子,他们那一双手,是色彩斑斓,也没法子不斑斓,指甲缝里,甚至是手指的皮肤里也都是色彩。他们的心里有各种的颜色与花样,其实也只是一个大样。看他们画画儿像看变魔术,一支笔,把红颜色和白颜色调了,从红到粉,从粉到白,是一个过渡。再用一支笔,先蘸些白,再蘸些粉,再蘸些红,三种颜色就在一支笔上了,然后一笔一笔地画将起来,是西番莲,西番莲的花瓣可不就是这样,是一笔就成,不需要描的,是乡间的笔法,是熟练得好看。一笔,是花瓣儿,再一笔,又是花瓣儿,一笔一笔地下来,一朵西番莲便开放在了那里,都是肉头头的,饱满得像大个儿的馒头,绿叶子都一律着了鲜亮的黄边,那是分外多的一份阳光！一切都是乡间的好看和富足。这在过去，是不觉得有什么特殊的好看，现在想起来，那种生活的形式才格外显示出了它的美，连着那些现在已经看不到的画匠，他们总是蹲在炕上，一点一点地在墙围子上描画，是物质而更是精神的，所以让人感动。许多事物，只是当它们过去或消失的时候才会显示出它们的美来。这样的画匠，亦有他们的画稿，却藏着，轻易不肯示人，即使是徒弟。但现在谁还再来学习这样的画法和那样的走乡串镇？这样一想，让人觉着美的时日竟是这样哗哗哗哗流水样地流走！一点点都不肯为人流连！

在乡下，现在也很少再看到这样的画匠，背着一个小木箱，四处游走，把想象中的各种水果和花卉，把想象中的各种山水和楼台固定在乡间的生活里……

说八大山人

二月书坊约我说一下八大山人的山水，我忽然觉得特别不敢说，有一个时期，八大在我心里简直就是神。早在六七年前，粥庵几番提及要去青云谱看八大，我心里就一阵阵激动，八大身世先就传奇十分，先出家当和尚，后再转入道观为清粥道士，一般的解释是和尚不可以有妻室，自然就不会有子嗣，都说八大是为了如此这般。但我宁肯相信他是放不下性，看八大笔下那只发了情的小鸟，奋着翅，仰着首，翘着尾，热烈地叫着，真是状物传神至极！让你宁愿相信他真是放不下性才又由和尚转业为道士。八大的画面虽清冷，但他的花鸟小品却有热闹的一面，他笔下的一尾小鱼、一只小鸟或一只小猫，特别能表现人的那种欲望，大幅一点的山水花鸟倒让人看不到这种消息所在。所以，我一直有一个愿望，那就是想看到有他的小品专集出版，八大的小品特妙，特别简，特别无物，而又特别有意思。2005年我去九江，哈，还没到九江地面，人先就激动起来，像是要去见宋代的念奴，像是要去拜问天的屈子！是去圆一个长久未果的想念！那天中午和朋友相携上酒楼，酒楼上开阔清净，我选座头正对茫茫大江，我请酒家把座头对面的楼窗楼门全部打开，霎时雨气扑面，酒也浓烈可人，大江白茫茫摧人豪饮，想想马上要去的青云谱，那酒便更加川流不息！便果然是醉掉！

去青云谱，由于刚落过雨，到处是湿漉漉的，青云谱里更是四壁皆湿，是"一壁湿气明青苔"，进了青云谱，人虽已醉，心却没醉，拜过三拜，便挺身去看画，却大大的失望，是，没一幅真迹！是，印刷品都上不了品！便在心里懊恼起来，便不再看，索性真就不看，只坐在院子的竹丛下想八大，想想他当年在这个地方怎么走动？怎么见客？怎么养猫教犬、种花侍竹，我很注意周边是否有水塘，当年是否有亭亭的荷花可看，当然是八大的看！八大的荷花前无古人后无来者，张大千学八大所画荷花《镜心》小幅，亦步亦趋却不得八大之要妙！八大的一枝一叶，用现在的话是稳准狠——却好！看八大画，我常说要看其与众不同的"漫画气"，有人说怎么会是漫画？我说怎么就不能是漫画！八大最动人处就是其伟大的漫画气！

八大的山水，可以与石涛对看，便更可看出其冷寂。石涛是热闹，是世俗中的事物情绪一样样都在里边。而八大的山水却是冷寂嗒然，再加上减去了许多细节，就更加冷寂嗒然。八大的山水是梦境般的，松松脱脱在那里，八大的山水从不安顿人的，没有人物在里边，是僧也没有，道也没有，凡人也没有一个，砍柴的樵夫也不知去了哪里！空寂的山川，梦境般的画面，左右远近的几株树亦是不衫不履，八大画松，叶子特别扎人，是斩钉截铁！八大山水，瘦硬冷寂！学董却看不到董的散淡清和。

　　台湾有学者研究八大，说八大的曾用名之一"驴"，是在说自己的生殖器特特地伟大不凡，研究八大到如此地步真让人无话好说，这样的学者，也只好命他去澡堂给人搓澡，以开阔他的识见！八大的一切，包括他的书画和用名，当然一律都怪怪的，但他的怪是有根有芽，别人跟上也怪来怪去便是东施之效！

　　八大一生，心里边也许不曾有过一丝散淡清和！

访徐渭故居

在徐渭故居，我心里简直有一百个徘徊！

故居里照例是潮湿，照例是人去楼空的落落如失的感觉，当然也只能这种人去楼空的感觉，斯人已去至今整整四百一十五年。虽四百多年一晃而过，但徐渭故居还是让人能感到当年主人的雅致情怀，一进院门高高的白墙下是几株芭蕉，芭蕉下是盘盘的叠石，叠石上是懵懵然、茸茸然的花花草草，高高的墙上有徐渭手书再镌刻在那里的"自在岩"三个字，当年主人究竟怎样"自在"？让人不得而知，而真正的情况是主人并不自在，是一辈子的不自在，不自在才找自在，古人说"境由心造"，文人的自寻烦恼与自我解脱也就在这里，但更可以看作是一种表白。四百多年过去，而这小小院落还是仿佛能让人感到当年主人的行止来去，尤其是那临窗的小小方池，石栏杆一折再折，围定了那一池水，那小小的方池是一半在室外，一半在室内，走出屋子，小池北向是一墙老藤。我在窗前试着坐一坐，分明感觉到那池水的凉气。我想要是在夏天，这里蚊子一定多，写诗作画均不宜，再想想，也真是颇富情趣——在这里读书写字作画。徐渭的故居不能说大，亦不能说小，外间为书房，不小，里间为卧室，亦不能说小，当年想必院子里还有别的房间，比如说厨房，这是必须。但四百多年来，多少的风霜雨雪，我宁肯相信这故居里的东西都是原物，但实际上又怎么可能，但总的格局我想还是不会大变。徐渭为什么号"天池生"，此名号是不是出自那窗下小小方池？池虽小，但如种几株白荷，花开时节想必好看得很。从南向门出，往北向转过来，在外边看看那小小方池，池的一半又在屋里，走过小池再往北去就是那一墙的老藤。"青藤书屋"可能就是由此而来。坐在青藤之下读书也不错，风动一壁狂藤，相对那一池静水，这真是诗人的所在、画家的所在、作家的所在。徐渭的杂剧《四声猿》我读过不止一次，每次都觉得剧本的名字先就让人心内戚戚，猿失幼子而连叫四声肠即寸断！都不得叫到第五声！《四声猿》在中国文学史上有独特的地位，一幕一本，几如短篇小说，为当时之所无！可以让人从另一个方面了解徐渭。徐渭一辈子命运多舛，想到这些，真不能不让人心内戚戚。徐渭在我所居住的老平城以东张家口——当时的宣大府住过一些时日，在那里做幕僚，我一直想去访一访，但一直没了此心愿，多少年过去，风云百般舒卷，还会有什么留下？我问胡学文，他说不知道还有没有故迹可寻，但这念头却一直存在我的心里。

徐渭的故居里张挂着满墙的书画，却没有一幅是原作，都是复制品，而且都是比较低级的复制品，想看一幅像样的都没有。在这小小的青藤书屋里走来走去，又在院子里走去走来，真是让人没有一点点头绪，要说有，也只能让人做一次次心底的徘徊。因为这是徐渭故居，如果有时间，就这样徘徊下去我想也是顶顶美好的！

临离开徐渭故居，买了四个小石头镇纸，上边有徐渭手书"一尘不到"四个字，送合松一，送云雷一，送国祥一。

临出门去，又忍不住回头看一下那"自在岩"，四百多年已经过去，不妨再想象一下徐渭正坐在那里读书。

谁知道周瘦鹃的心情

　　我十四五岁的时候读周瘦鹃的《盆栽趣味》,还不知道周瘦鹃是个什么样的人,只是那本书上的黑白图片让我着迷,怎么他培植的梅树可以长得那么入画,那么古典,那么让人耐看。那时我学金农梅花,圈圈点点间只觉金农的梅花真是没有周瘦鹃盆里的老梅好看。周瘦鹃那瘦瘦的一盆宋梅,斜斜的枝子,上边只开出几朵让人爱怜而惆怅的白色花朵,那时候,我就已经明白了什么是梅花的美,疏落、寂静、自开自落,就那么很少的几朵。花要少,才能更见其精神,更能让你领略花的美,如果动辄一开千万亿朵,那是在开大会或者是大合唱,我至今不能喜欢关山月先生的大红梅道理就在这里,远望像是着了火,热闹是热闹,却远离了梅花的品格。

　　周瘦鹃先生的后半生几乎都是和花花草草一起度过的,他那本不算薄的《拈花集》收录的全是花花草草方面的文章。周瘦鹃先生在"文化大革命"时的遭遇说来让人落泪,据说给人推到了井里,他和他的老伴儿都被推到井里,就那么死了。一个喜爱花花草草的老人,一个喜欢美的老人,一个二十世纪三四十年代在中国十分有影响的作家死在了井里,想必那天井里的水很凉,周瘦鹃和他的老妻慢慢慢慢沉到水底,井外边的花是否在阳光下开得正好?

周瘦鹃是鸳鸯蝴蝶派的代表作家,他一生喜欢紫罗兰,并把自己的书斋取名为"紫罗兰斋"。作为作家,他是一位站在政治边缘的善良的作家,他不会冲锋陷阵,新中国一成立,问题就来了,这不是他个人的问题,而是摆在许多国统区作家面前的问题。他们不熟悉新的生活,他们的心情如何?他们面对新生活茫然而无从下笔,一个作家,最能安慰他们的心灵的便是拿起笔写作,一旦无法写作,其内心之苦楚也只有他们自己知道。张爱玲是一位努力想使自己和新中国协调起来的年轻作家,她当时也真是年轻,她穿着与众大不相同的怪异衣裳去参加了上海第一次文代会,她在会上是一个异类,她是那样与时代格格不入,她是那样特殊,她是不是忘了那应该是个什么样的时代?她是不是以为时间会凝然不动,还像她以前穿着宽袖的清代服装走进印刷车间的时候,那时印刷车间的工人几乎都停下手来看着她,她在那一刹间肯定得到了满足。但此一时,彼一时,中国已经解放了,解放了就要有解放了的样子和纪律。张爱玲穿着她自己精心设计的衣服去参加解放后上海第一次文人们的聚会,她的心情如何?想合作,却偏偏写出了不伦不类的作品,最后她选择了离开祖国,直到客死在她美国的寓邸,她的心情又如何?真不知她在美国的最后岁月里是否还钟情于她的那些与众格格不入的服装。刚刚解放的时候,张爱玲年轻,她可以出走,一口气走出国门,可以想象她真是喘了一口气,也可以想象她夜夜都在做着故园的梦，那真是"碧海青天夜夜心"。

谁知道张爱玲的心情？谁又知道周瘦鹃的心情？

一个作家放下了他喜欢的笔，种起了花花草草。我们可以想象，周瘦鹃坐在他的古老的花梨木书桌前，戴着他的墨晶养目镜，伴着他的金鱼和花花草草，努力想和这个社会靠近，努力想写周立波的《暴风骤雨》那样的著作，但那只能是一种想象。我们也可以想象周瘦鹃在那里仔细地读毛泽东的《在延安文艺座谈会上的讲话》，读之后，他肯定感到了一种新鲜的冲动和无奈，冲动是暂时的，无奈却是长久的，一种说不出的无奈，因为他不熟悉工农兵的生活，这使他举笔维艰，解放后的许多年月里，百花齐放也只是形式上的事，而不是精神上的一种动人风景。

周瘦鹃在解放后几乎可以说停止了他的写作，如果说他还在写的话，收获就是那本不能算薄的《拈花集》。他用他那纤细白皙的手指，拈起这唯一的一朵花来，朝他的老读者们微笑。释迦牟尼在一次说法的大会上，不说一个字，而只是拈起一朵花微笑着，只有他的弟子迦叶懂了他的用意。可是，谁懂周瘦鹃老先生的心意，他拈起花来，却无人去看他。连看的人都没有，更不用说谁懂，只有他自己才知道他自己的心情。

花是美丽的，种花人的心情却可以是深苦。

周先生的花圃里开放着许多许多花，但周先生的心里是否真正开放过一朵？

毕竟是1951年

王世襄老先生一半的学问是玩儿出来的，说到玩儿，并不是人人都会玩儿。鸽子天天在天上飞，鸽哨的模样却不见得人人都知道。只要看看王先生写的《北京鸽哨》，你便会觉得人生天地间原来处处都是学问，就看你会不会做。会做这个学问的前提就是玩儿，玩儿得投入，玩儿得好，然后才会有学问像酒一样不得不被酿出来。王先生在《北京鸽哨》里说鸽哨的佩系十分巧妙，而又十分简单，鸽子的尾翎一般是十二根，十三根的也有，但是少数，佩系鸽哨要在鸽子尾翎正中四根上距臀尖约一厘米处穿针。这讲得真是够细致。白石老人当年画鸽子以响应世界和平，便要人把鸽子抱过来亲自把鸽翅的根数一一数过，然后才敢下笔。佩系鸽哨以防脱落和数鸽翅以免落笔有误，一样都是学问。北京跨车胡同当年的鸽哨想必是好听的，鸽哨要配上四合院的灰色瓦顶和斑驳的红色宫墙听起来才够味道。读王世襄老先生的《北京鸽哨》真让人唏嘘，朗朗的鸽哨声既已久违，脑子里竟还是无法挥去的老北京城的落日余晖。风雅是会随着时间消淡的，消不淡的又是什么还真让人不好说。

1951年王世襄老先生听说东直门内住着一位老居士，家里供着许多尊佛像，一天冒昧晋谒，居然承蒙接待。那老居士住北房三楹，正中一间摆一大条案，案上所供佛像居然会有十多尊。众像之中最让王先生心动的是一尊雪山大士铜鎏金造像。王先生说这尊雪山大士像的头特别大，形象夸张古拙，时间而且还不能晚于明。老居士说这尊雪山大士是当年布施某寺院香火资若干而得以请回家供养。1951年的人性毕竟和现在天壤不能相比，那时的人风雅而且诚笃，王先生对那老居士说自己家里既有佛堂而又愿出加倍的香火之资把那尊雪山大士像请回去供养，老居士居然欣然同意。

看王先生这篇关于雪山大士造像的文章时，我还无缘一见此造像，前几天我的朋友送我一套王先生的近作《锦灰堆》，上边的铜鎏金雪山大士图像果然好，头果然是大，胳膊和腿倒真是瘦了点儿，既在雪山苦修，风霜寒苦，又不吃海参燕窝烧鸭子，想必应该是这样子，哪像时下的电影和影视剧，镜头里到处逃难的灾民居然个个不肯消瘦一点点，"万家墨面没蒿莱"的情景竟让人一点点都看不到。

令人感动的是王先生既拿了大士像，出门的时候为了方便上自行车，要把雪山大士倒一个儿，那居士脸色忽然有变忙把大士像又正了过来，说"怎能如此不敬"。王先生在这篇回忆文章里最后说："我生怕久留，老居士回过味来发现我并不像他原来所想的那样虔诚，一定会要回雪山大士，不允许我请回家了。"

毕竟王先生玩得好，那雪山大士像真是精品，但也毕竟是整整半个世纪前的旧事了，要是现在，王先生文章的结尾也许会这样写：我生怕回去的脚步慢了，想不到再回去的时候那老居士早不见了，房东告诉我说她也不认识这个老居士，是他出了十元钱暂借房子一用的，当时我就愣在了那里，我手里的雪山大士像上涂的竟然是厚厚一层皮鞋油，怪不得味道很怪。

王先生的眼力果真厉害，但那毕竟是1951年。

从画说到肥皂

看马骏的人物画,我就常常想洗澡。

我是洗混堂长大的,至今还喜欢在混堂里洗澡,周边都是哗啦哗啦的水声,除了水声就是水雾,中国人洗澡最讲究泡澡,不泡好就不算是洗澡,泡澡是一种享受,可以慢慢慢慢把身子浸到挺热的水里去,泡澡就是要挺热的水才行,没听过要泡凉水澡的。泡澡泡到浑身大汗,满脑门儿都是汗,眼睛给汗杀得睁不开,然后才会去洗。最难忘的是洗年根儿澡,澡堂一入腊月二十五就一天比一天忙,中国人的习惯是有钱没钱剃头过年,除了剃头就是洗澡,一年到头忙来忙去总要把一年的尘垢洗洗。长这么大,好多次我都是到了腊月二十九晚上才去洗澡,这天晚上洗澡的人可以说是达到了高峰。塘子里的人,怎么说,一个挨一个,竖着,像灌头里的沙丁鱼,一条挤一条,谁想转转身子都不可以,一定要转,得跟身边的人打招呼。我居住的老城大同过去只有三个澡堂,一是"大众浴池",二是"花园浴池",三是大皮巷里的那个小澡堂,澡堂少,所以一到过年澡堂里那情景简直是拍出电影来都不会有人相信,那么多人挤在一起能洗吗?洗澡是一种享受,但好像是不那么卫生。洗混堂,让师傅好好儿给搓一下,师傅在那里搓,你也许已经迷迷糊糊地睡了一小觉,耳边是哗哗哗哗的水声,是人们瓮声瓮气的说话声,是师傅敲背的噼啪噼啪声。那时候洗澡,你不用带毛巾,大家都用澡堂里的毛巾,但入堂洗澡都要买肥皂,整块的肥皂,已经切成了一小块一小块,像是大号的贵妃奶糖,一毛钱一小块,刚刚合适一个人拿来"咯吱咯吱"洗。一小块肥皂,是既洗头,又洗脸,又洗身子,一个人直被那一小块肥皂洗得干干净净!那时候的澡堂里边弥漫的就是这浓浓的肥皂味,肥皂的味道好闻吗?怎么不好闻!"灯塔"牌肥皂和"迎泽"牌肥皂的味道最好!洗完澡,可以躺在外边的座儿上睡一会儿,人们把澡堂的床叫座儿,两人一座儿,中间给一张小桌隔开,你可以要一壶茶,粗枝大叶的花茶一小包一角钱可以让你喝得昏天昏地,你躺在那里可以一直喝,或者睡一大觉!醒来再喝!这场景颇像马骏的画面。世俗之中有点点说不清的欲望,只不过他笔下的人来得更闲散,古人除了击鼓鸣金地打仗,一般都很闲散。

我喜欢澡堂的道理还在于那几年去北京住店很不方便,但可以住澡堂,住澡堂的好处一是便宜;二是可以洗澡;三是可以看各种各样的人在那里说话,大家都睡在偌大的澡堂座儿里,座儿是一排一排的,提包你可以事先寄存了,然后放心睡大觉。睡前可以洗一下,如果是夏天,睡出了汗,你可以再去洗一下!那是底层的,让人感到亲切,大家彼此平等的地方。要是饿了,还可以买个烧饼吃！一转眼，这个世界发生了多么大的变化，这种澡堂是越来越少了，你现在再用肥皂洗澡，大约会引起普遍的大惊小怪！虽然没人问你为什么不用洗发水和浴液！

　　直到现在，我对肥皂还是存满了一往情深的感情，比如洗小件的衣服，我会坚持用我认为够标准的肥皂，那就是一定要是"灯塔"牌的那种或者是"迎泽"牌的那种。我非常喜欢那种味道，觉得比得上最高级的香水，穿上用这种肥皂洗的衣服出去，你的身上会散发出最最好闻的肥皂味儿，肥皂好闻吗？肥皂怎么不好闻！用肥皂洗过的头发给太阳一晒味道绝对是清清爽爽！当年我在湖边的学校教书，中午去湖里游泳，游完就用肥皂给自己洗一下，再躺在那里给太阳晒晒，浑身的肥皂味就会弥漫出来。我总是埋怨爱人不会买肥皂。怎么一买就是现在的那种能香人一个跟头的肥皂？我告诉她这种肥皂对人身体并不好。我爱人说怎么不好？你说怎么不好？我忽然总结不出来，张口结舌之际忽然想到了刚刚看过的一本毛泽东身边的卫士回忆毛泽东的书，我对我爱人说，你知道不知道过去的那种肥皂可以灌肠！毛泽东有便秘的毛病，卫士们有时候就会用那种肥皂给他灌肠。如果过去的肥皂有问题，可以用来灌肠吗？现在的肥皂可以用来灌肠吗？我以为我找到了热爱"灯塔"牌和"迎泽"牌肥皂的最充分的理由。

　　一个人的习惯是很难改正的，就是现在在街上走，忽然有个人从对面走过来，擦肩而过的时候带来一阵清清爽爽的肥皂味儿，常常是，我会一怔。那肥皂的味道，简直是代表了一个时代的气息！清平不是清贫，肥皂的气味是清平的，我喜欢清平，有一个词牌是

《清平乐》,如看到这么一首词牌的词,里边填了什么内容倒不重要,只"清平乐"三个字便叫人喜欢!我不教书已多年,如还在课堂教课,假设有学生问我"清爽"一词怎么解?我一定会对他说:"去闻一下'灯塔'牌和'迎泽'牌肥皂!"或者我会建议马骏,要他在画中的人物手中塞一些洗澡的用品。古人用肥皂吗?好像是明清之前起码不会有。

何时与先生一起看山

　　吴先生似乎在画界没有太大的声名，也许他太老了，老到已被许多人忘掉，他周围的人似乎已不知道他是南艺刘海粟先生的高足。总之他很老了，老到莫非非要住到郊外的哪个小村落里的小院子里去？我见先生的时候，先生的画室已是四壁萧然，先生也似乎没了多大作画的欲望。这是从表面看，其实先生端坐时往往想的是画儿，便常常不拘找来张什么纸，似乎手边也总有便宜的皮纸或桑皮纸，然后不经意地慢慢左一笔右一笔地画起来，画画看看，看看停停，心思仿佛全在画外，停停，再画画，一张画就完成了，张在壁上，就兀自坐在那里一声不吭地看，嘴唇上有舔墨时留下的墨痕，有时不是墨痕而是淡淡的石青，有时又是浓浓的藤黄，我没见过别人用嘴去舔藤黄，从没见过。先生莫非不知道藤黄有毒？

　　先生的院子里，有两株白杨，三株丁香，一株杏树，四株玫瑰，两丛迎春。秋天的时候，白杨的叶子响得厉害，落叶在院子里给风吹着跑：哗哗哗哗，哗哗哗哗。想必刮风的夜晚也会惹先生惆怅。我想先生在这样的夜里也许会睡不着,先生孤独一人想必也寂寞,但先生面对画案、宣纸、湖笔、端砚,想来分明又不会寂寞。

先生每天一起来就生那个一尺半高的小火炉,先把干燥的赭色的落叶塞进小火炉,然后是蹲在那里用一本黄黄软软的线装书慢慢地扇。炉子上总是坐着那把甚古的圆肚子铜壶。秋天的时候,先生南窗下的花畦里总是站着几株深紫深紫的大鸡冠花,但先生好像从没画过鸡冠花。有一段时间,先生总是反反复复地画浅绛山水,反反复复地画浅绛的老树。去看先生的人本不多,去了又没多少话,所以去的人就少。有一次我问先生,所问之话大概是问先生为什么画来画去只画山?先生暂停了笔,侧过脸,看着我,想想,又想想,好像这话很难回答。我也会画花鸟的。先生想了老半天才这么说。过了几天,竟真的画了一张给我看。是一张枯荷,满纸的赭黄,一派元人风范。纸上的秋荷被厉厉的秋风吹动,朝一边倾斜,似乎纸上的风再一吹,那枯荷便会化作无物,枯荷边有一只浅赭色的小甲虫,仿佛再划动一下它长长的腿就会倏尔游出纸外。

吴先生很喜欢浅绛色,吴先生的人似乎也是浅绛色的,起码从衣着和外表上看,是那么个意思。

我和吴先生相识那年,先生岁数已过六十,我去看他,所能够进行的事情似乎也就只是枯坐,坐具是两只漆水脱尽的红木圆墩儿,很光很硬很冷,上边垫一个软软的旧绸布垫子,旧绸布垫子已经说不出是什么颜色,但花纹还是有的。吴先生当时给我的很突出的印象是老穿着一身布衣,那种很普通的灰布,做成很普通的样式，对襟，矮领儿，下边是布裤子，再下边是一双千层底的黑布鞋。衣服自然是洗得很干净的，可以说一尘不染。床上是白布床单儿，枕上是白布枕套儿，也是白白的一尘不染。你真的很难想象吴先生当年在南艺上学时风华正茂地面对玉体横陈的印度女模特是一番什么样的情景？他当年喝琥珀色的白兰地，用刻花小玻璃杯，抽浓烈的哈瓦那雪茄，用海泡石烟斗，戴伦敦造的金丝框眼镜。这都是以前的事，真真是以前的陈事旧话了。现在再看看吴先生的乡间小平屋，你似乎再也找不到一点点当年先生的余韵或者是陈迹。

先生住的院子是乡村到处都是的那种院子，南北长二十二步，东西宽十一步。两间小平屋，窗上糊白麻纸，临窗的桌上是那方圆圆的端砚，砚的荸荠色的漆匣上刻着一枝梅，开着瘦瘦的几朵花，旁边是那只青花的小方瓷盒，再旁边紧挨着的是那一套青花的调色碟，再过去是那把紫砂壶，壶上刻着茅亭山水和小小的游船。那只卧鹿形笔架，朝后伸展的鹿角真是搁笔佳处，作画用的纸张在窗子东边的柜子上边搁着，用一块青布苫着，雪白的宣纸上苫着青色的布，整日闲着，一旦挪动起来，有微微的灰尘飞起来，像淡淡的烟。那就是先生要作画了。

吴先生好像从不收学生。画家不是教出来的，吴先生这么说。所以就有道理不收学生么？吴先生常常把那张粗帆布躺椅放到院子里。人静静地躺在上边，记得是夏天的晚上，天上有月亮，很好的月亮，可以看得见夜云在月亮旁边慢慢慢滑过去，那淡淡的云真像是给风拖着走的薄薄的白纱巾，让人无端端觉得很神秘。一根五号铁丝，横贯了院子的东西，在月亮下是闪亮的一道儿，铁丝上一共挂了五只碧绿的"叫哥哥",有时会突然一起叫了起来,这样的晚上真是枯寂得可以也热闹得可以。也只配了先生,只配我的先生。有一次,吴先生感冒了,连连地打喷嚏,是前一天晚上突然下了大雨,先生没穿衣服就跑出院子去抢救那五只"叫哥哥",怕"叫哥哥"给雨淋坏,"叫哥哥"没事,先生自己却给雨淋出了毛病,咳嗽了好长时间才好。

又有一次,先生不知从什么地方忽然弄来了一只很大的芦花大公鸡,抱着给我看,真是漂亮的鸡,灰白底子的羽毛上有一道一道的黑,更衬得大红的冠子像进口的西洋红。吴先生坐在布躺椅上一动不动地看鸡,那鸡也忽然停下步子侧了脸看先生,先生忽然笑了。

吴先生提了一只粮袋,慢慢走出小院子去给鸡买鸡粮,一步一步走出那段土巷,又慢慢走回来,买的是高粱,抓一把撒地上,那只大公鸡吃,先生站在那里看。

先生靠什么生活呢?我常想,但从来没敢问,所以也不知道。

先生的窗上不是没有玻璃,有玻璃而偏偏又在玻璃上糊了一层宣纸,所以光线就总是柔柔的,有,像是没有,没有,又像是有。在这种光线里很适宜铺宣纸、兑胭脂、调花青地一笔一笔画起来。柔和的光线落在没有一点点反光的柔白的宣纸上,那浓浓黑黑的墨痕一笔一笔落上去,真是美极了。墨迹一笔一笔淡下去的时候,然后又有了浓浓淡淡的胭脂在纸上一笔一笔鲜明起来,那真是美极了,美极了。

我不敢说先生的山水是国内大师级的水平，与黄大师相比正好相反，吴先生的山水一味简索。先生似乎十分仰慕倪高士，用笔从来都是寥寥几笔，淡淡的，一笔两笔，淡淡的，两笔三笔，还是淡淡的，又，五笔六笔。树也如此，石也如此，水也如此，山也如此，人似乎也如此，都瘦瘦的，淡淡的，从来浓烈不起来。先生似乎已瘦弱到不能画那大幅的水墨淋漓的画，所以总是一小片纸一小片纸地画来，不经心的样子。出现在先生笔下山水里的人物也很怪，总是一个人，一个人在山间竹楼里读书，一个人在大树下昂首徜徉，一个人在泊岸小船里吹箫，一个人在芭蕉下品茗。先生比较喜欢画芭蕉，是淡墨白描的那种，也只有画芭蕉的时候，才肯多下几笔，四五株、五六株地挤在一起。我有一次便冒昧地问先生："您的画里怎么只有一个人？"先生想了又想，似乎这个问题很难回答，回头看着我，看着我，还是没有回答。但隔了几天还是回答了我。先生说，人活到最后就只能是自己一个人。先生那天兴致很高，记得是喝了一点点酒，用那种浅浅的豆青瓷杯。就着一小段黑黑的咸得要命的腌黄瓜。先生说：弹琴是一个人，赏梅也是一个人，访菊是一个人，临风听暮蝉，也只能是一个人，如果一大堆人围在那里听，像什么话？开会吗？先生忽然笑起来，不知想起了什么好笑的事。先生笑着用朱漆筷子在小桌上写了个"个"字，说：我这是个人主义。又呵呵呵呵笑起来。那天先生的兴致可以说是很高，便又立起身，去屋里，打开靠东墙那个老木头柜子，取出一只青花瓷盘。青花瓷美就美在亮丽大方，一种真正的亮丽，与青花瓷相比，五彩瓷不知怎么就显得很暗淡。先生把盘子拿给我看，盘子正中是一株杉，一株梧桐，一株青杨，一株梅，树后边远处是山，一笔又一笔抹出来的淡淡的小山，与此对称着的，是山下的小小茅亭，小小茅亭旁边是小小书斋，一个小小布衣书生在里边读书，小小书斋旁边又是一个小小板桥，小小板桥上走着一个挑了柴担的樵夫，已经马上要走过那小桥的是一个牵了牛的农夫，肩着一张大大的锄，牵着一头大牛，盘的最下方是一个坐在水边的渔夫，正在垂钓。"他们是四个人，"先生指着盘说，"但他们各是各。"先生用指甲"叮叮叮叮"弹着瓷盘又说："四个人里边数渔者舒服，然后是樵夫，在林子里跑来跑去，还可以采蘑菇。"我忍不住想笑。还没笑，先生倒笑了，又说："最苦是读书人，最没用也是读书人，没用才雅，一有用就不雅了，我是没有用的人啊。"吴先生忽然不说了，笑了，大声地笑起来。

先生爱吃蘑菇，雨后放晴的日子里，在斜晖里他会慢慢背着手走到村西的那片小树林子里去，东张张，西望望，一个人在林子里走走看看，看看走走，布鞋子湿了，布裤子湿了，从林子里出来，手里总会拿着几个菌子，白白的，胖胖的。有一次先生满头大汗地从树林里拖出一个老大的树枝，擎着，那树枝的姿态真是美，那树枝后来被吴先生插在了屋里靠西墙的一个铜瓶里，那树枝横斜疏落真堪入画，好像就那么一直插了好久好久。多会儿咱们一起去看山吧。先生那天兴致真是好，当然又是喝了一点点酒，清瘦的脸上便有了几分淡淡的红。

我就在一边静静地想，想先生寄身其间的这个小城又有什么山好看。"画山水就不能不看山水。"先生一边把袖子上吃饭时留下的一个饭粒用指甲慢慢弄下去，又说，"看山要在上午和下午，要不就在有月亮的晚上，中午是不能看山的。"那之后，我总想着和先生去看山这件事，让我想入非非的是晚上看山，在皎洁的月光下，群山该是什么样子，山上可有昂首一啸令山川震动的老虎？或者有猿啼？晚上，我站在离先生有二十多里的我的住所的阳台上朝东边的山望去，想象月下看山的情景，我想到那年我在峨眉山华严顶上度过的那一夜，周围全是山，黑沉沉的，你忽然觉得那不是山，而是立在面前的一堵墙，只有远处山上那小小的一豆一豆晕黄的灯火，才告诉人那山确实很远，离华严顶木楼不远的那株大云杉看上去倒很像是一座小山，身后木楼里老衲低低的低低的诵经声突然让我想象是不是有过一头老虎曾经来到过这里，伏在木楼外边听过老衲的诵经。夜里看山应该去什么山？华山吗？我想去问问先生。但还来不及问，先生竟倏尔已归道山。

没人能在先生去世的时候来告诉我，去他那里看望他的人实在太少了。我再去的时候，手里拿了五枚朱红的柿子，准备给先生放在瓷盘里做清供，却想不到先生已经永远地不在了。进了院子，只看到那两株白杨、三株丁香、一株杏树、四株玫瑰、两丛迎春，丁香开着香得腻人的繁花，播散满院子静得不能再静的浓香。隔窗朝先生的屋里看看，看到临窗的画案、笔砚、紫砂壶、鹿形笔架、小剔红漆盒儿，都一律蒙着淡淡的令人伤怀的灰尘，像是一幅浅绛色的画儿了——

直到现在，我还想着什么时候能和先生一起去看看山，在夜里，在皎洁的月光下，去看那无人再能领略的山。

宽堂冯先生

冯先生是性情中人，你请他写字，他未必就会给你写，有时候你没请他写，他倒会写给你。冯先生名重天下，片纸只字，往往被人奉为至宝。第一次去通县芳草园看冯先生，天下着雨，去到冯先生家天已黑了，照例是，坐下说话喝茶。在冯先生家左手的那个小客厅里，厅不大，东墙是书架，架上满满都是书。窗子在南边，看得见窗外那块两米多高的太湖石。北墙上挂着谭凤环画的古代仕女，像是仿陈老莲。冯先生招待客人一般都在这个小客厅。那天走的时候，外边雨还没停，是冯先生叫的出租车。后来再去，常常会坐到冯先生的工作室里说话，冯先生的工作室在一进门右手，这间屋子比较大，会客室里边还有一间小室，放着各种书籍和画框，但那个门常关着，很少有人能进到里边去。冯先生的书案，或者也可以叫画案吧，既宽且大，案上放着很大的笔架，各种的笔，当然，还有牦牛的尾巴。冯先生的画案看上去乱却有情趣，案上有瓶，瓶里插着枯干的芦苇，有时候是枯干的荷叶和莲蓬，还有绿萝，当然，绿萝是活的，从瓶里爬出来，再慢慢爬到别处去。冯先生正在画或已经画好的画都在案子前边放着。冯先生的画有很大的气魄，冯先生笔下的瓜是自成一路，这边扫一笔，那边扫一笔，上边再两笔，功夫老到，气韵独绝。冯先生的堂号之一是"瓜饭楼"。冯先生幼时家贫，粮不够，只好以瓜代之。所以有时候去，偶尔可以看到冯先生的案头放着一个或两个很大的南瓜，南瓜的颜色很好看，朱红，或是那种浅灰绿，都很触目好看，是人们送冯先生的，清供一样摆在那里，想必是看一阵子，然后再入厨入馔。

冯先生的堂号"瓜饭楼"很特殊，以"饭"字入斋堂号的本就不多，所以，冯先生也爱画瓜。而且是一而再、再而三地画。有一阵子，冯先生热衷于搞笔墨探索，直接用大红大绿画瓜，或者用大红大绿画山水，或是画大红大绿的植物，是印象派的感觉，十分特殊，是前无古人，让我于心里觉得感动，感动于冯先生艺术生命力的旺盛。冯先生的画是真正的文人画，以意取胜，笔简意不简，笔法生辣，所以耐看。画瓜的画家很多，但冯先生的瓜挂在那里有与众不同处，会让人一眼明白那就是冯先生的瓜，并不要说明。

冯先生的书架亦很阔大，书架上放的更多的是各种古时的瓶瓶罐罐。记得有一次随冯先生去古玩市场，冯先生的眼力真是好，几件东西一上他的手，是样样都对。若放在摊上，又往往会被人忽略掉，这就是眼力与学养。冯先生来我家，一眼就看到我案上的洒金明炉，我想送先生，但至今尚未送出，因为是家大人的遗物。有一次我拿画给冯先生看，冯先生问上边的闲章是什么意思，那时候我多画牡丹，用赤亭纸，勾线，胭脂白粉层层叠加，很好看。那幅画上的闲章是四个字：好色之徒。先生听了，像是有点不高兴，说："章不要乱用。"

冯先生年轻的时候酒量想必很好，也善饮，他的画上就有"酒后醉写"之类的小题跋。那一次，因为我出国，有一年多没见冯先生，见到先生，无法不高兴，也是一时太高兴了，便敬先生一杯酒，冯先生一激动，一杯酒喝下去，马上就大声咳嗽起来，酒已经呛在了气管里，周围的人都吓坏了，冯先生人马上也被送到了医院。冯先生现在已经不怎么喝酒，但他的小餐厅里放着许多好酒。记得有一次在冯先生那里喝小茅台。我向来不喜欢喝茅台和五粮液，一般喝酒总是要汾酒，而且是高度，但在冯先生家里喝酒，是，什么酒都好！那天冯先生也喝了点。吃过饭，又上楼看书。冯先生的家里只是书多，楼上，楼下，都是书。冯先生的院子里有一株腊梅，春天会开出娇黄的花来。有一次去，在一进门的地方，两盆盆梅正在开，一红一白，很香。

冯先生是个热爱生活的人，冯先生是童心常在的人。

冯先生去西域考察，真是壮哉，是"老子尚能绝大漠"的气概。

不见冯先生又已近一年，十分想念冯先生。今年春天，我想，也许就在南边的露台上种几株南瓜，心里想着，也许要向冯先生讨几粒瓜种，冯先生案头的南瓜那么大，那么好看，朱红的好，灰绿色的也好，都好。

红湘妃

竹子好，但北方就是没多少竹子可看，山西是个没竹子的省份，但陕西有，西安有一处地名就叫做"竹笆市"，那地方专门卖竹子，满坑满谷都是用竹子做的用具，从小板凳到大床。说到竹子，北京也有，但不多，都是细细的那种，这种竹子的竹笋也可以吃，但没多大吃头，眼下各地饭店像是都能吃到这种手剥笋，聊胜于无而已。朋友世奇前两年送我一盆紫竹，今年一连抽了三个笋，很快就拔出了竹节，紫竹刚刚拔出来的嫩竿是绿的，及至长高，颜色才会慢慢转深，直至紫到发黑，你说它是黑竹也可以。北京有一处地名就叫做"紫竹院"，很好听，有诗意。广东音乐里边有一个典子叫"紫竹调"，欢愉而好听，这支典子是欢愉，而不是欢快，听起来像是更加云淡风轻。说到紫竹，传说中的观音大士和她的白鹦哥就住在紫竹林里，以紫竹比绿竹，好在颜色上有变化，绿叶而紫竿。

竹子在民间庸常的日子里与人们的吃喝拉撒分不开，过去打酱油打醋打油的提把就都用竹子做，经使耐用，好像总也使不坏，竹筷子竹饭铲更不用说，还有竹躺椅竹床竹凳，等等，大者还有竹楼和竹桥。如在炎炎夏日，晚上抱一个竹子做的"竹夫人"入睡，一时有多少清凉，要比空调好。用竹子做东西，比较有创意的是日本茶道大师千利休，他用一截竹筒做的尺八花插至今还收藏在大阪藤田美术馆，大阪藤田美术馆还收藏了元伯做的竹船形花插，也是一段竹子，以这样的花插插花符合茶道精神，也朴素好看。竹子是越用越红润好看，竹子表面的颜色和光泽硬是要让人们知道人和竹子耳鬓厮磨的岁月风尘。

说到竹子，不好统计世上的竹子到底有多少种。我以为可以入盆栽的"龟背"和"罗汉"其实并不怎么好看，我以为最好看的竹子还应该是斑竹，斑竹又分多种，常见的是梅鹿、凤眼、红湘妃，这三者，要说好看还要数紫花腊地的红湘妃。毛泽东的诗句"斑竹一枝千滴泪，红霞万朵百重衣"，真正是浓艳浪漫。我在家里，喝茶或品香向来是不设席，要的就是随随便便，但有时候会剪一枝竹枝插在瓶里，我以为这个要比花好，朋友们也说好。尤其是品香，插花是节外生枝。

湘妃竹之美是病态的美，是受了真菌感染，慢慢慢慢生出好看的斑来，古人的想象毕竟是不同凡响，把竹上的斑斑点点与舜之二妃联系在一起。古书《博物志》记云："舜二夫人曰湘夫人，舜崩，二妃以涕挥竹，竹尽斑。"湘妃竹之称始成立。湘妃竹分红湘妃和黑湘妃，红湘妃之好是让人一见倾心。现在市上的红湘妃很少见，一支红湘妃香筒动辄千元，前不久有清代红湘妃臂搁拍出惊天之价，区区片竹，拍了二十五万元。说到文玩，红湘妃着实是雅，但这雅是养出来的，要主人把它经常带在身边，经常用，经常用手去摩挲。玩玉有"脱胎换骨"一说，玩湘妃竹也当如此，玩久了，红湘妃骨子里的韵味才会焕发出来。

红湘妃竹很少有大材，"停云香馆"近来示人一红湘妃臂搁，地子虽不够黄爽，但尺寸却少见。十多年前，我曾定制红湘妃笔杆做毛笔百支，自己没用多少，都送了朋友。现在如想再以红湘妃做笔杆或者已是颠倒梦想。

红湘妃好就好在少有，要是多了，遍地都是，还有什么意思？

乐为纸奴

幼时写字,麻纸之外没有什么别的选择。

小城有几家纸铺,张纸铺、李纸铺、王纸铺、金纸铺,开纸铺的姓什么就叫什么什么纸铺,亦好记。麻纸是几毛钱一刀,民间的刷房打仰尘,账房的写账记事,学生写仿描红都是麻纸。好的麻纸正面写了还可以反面写,也从没听过谁把纸写烂的,不像现在的纸,下笔重一些便是一个洞。过去的麻纸,一张纸两面写完还不算完,写完字的纸会被人拿去裱东西,新做的箱子要裱里子,用得就是这种两面字的麻纸,打开箱子,亦是墨香。

习惯一般都是从小养成,及至长大想改也不大容易。我现在写字仍用赤亭纸,赤亭纸又名元素纸,原料是用嫩竹子,江南不缺竹子,而这种以竹子为原料的纸做得最好要数浙江的富阳。富春江边既多竹,水也好。所以我只迷信富阳的赤亭纸。会千里迢迢地托人去买,而且是买了又买。即使是现在,我用这种不算贵的纸写字,还是先用淡墨写一回,写完这面再用淡墨写另一面,然后再用浓一些的墨写，写完这面再写另一面，一张纸最少写四次。纸其实是最应该珍惜的东西，现在的宣纸越来越贵，是理所应当的事，应该贵。道理是原材料既贵且日渐稀少，还不说造纸要用大量的水，所以不应该浪费纸。我平时练习写字画画从不敢用宣纸，即使现在，用得起也不敢用，对纸像是有些敬畏。纸不过是纸，何以谈敬畏？这是没办法的事，每有新纸送来，用手摸摸我亦会感动，自己都会觉得自己真是岂有此理。摸纸与摸美人的肌肤，想必感觉真是一样。

二十多年前曾有沈阳旧友送我三张乾隆年间的丈八宣，二十年下来，那一卷老纸被我经常地摸来摸去就是不舍得用，曾有人提出要用这清代老纸给他作画，平时不生气的我竟然一下子就生起气来，莫名其妙地自己坐在那里跟自己生了好一阵子气。气过，喝茶，一边喝一边在心里问自己为什么？忍不住又笑。曾经小心翼翼裁了条乾隆老纸的纸边试了试笔，忍不住叫起来，是熟纸啊！我一般不用熟纸，放在那里也没什么用，但即使是这样我也不舍得用，这样的纸放在那里凭空让自己觉得富有。去年有人传话过来要买这三张乾隆丈八，我无端端地又生起气来，像是对方已经气着了我，我对人家大声说："不卖！"稍停片刻又说："就是不卖！"对方竟忍不住笑了起来。

我平时用纸，根本就不会动辄使用宣纸，诗人石三夫去年于西湖边上送了两刀红星给我，发寄回家打开看了一回即刻又封起，就像是买到了几本好书，一时要心慌意乱的，是一本也看不到心上，到心定后才能慢慢看起。我平时练笔根本就不会用宣纸，更甭说红

宝贝字典

我的同学有抄过字典的,因为当时能得到一本字典很难,你即使很有办法有时候也很难得到一本字典。后来读阿城的小说《孩子王》,我是一下子就读进去了,而且感到亲切,就好像抄字典的那个叫王福的学生就已经是我了。阿城的小说写得真是让人不能不服气,虽然他现在已不再写小说,有一句俗话是:"金盆打了,分量还在!"阿城之后的写作者多矣,但能超过阿城的,至今还没有出现,听说阿城现在住在北京平谷,平谷出好桃,大到几乎半斤一个!这样的桃子两个人没法子吃完!要非把它吃完,会把人吃撑。因为阿城住在那个地方,有一阵子我动了念头,想把家也搬到山清水秀的平谷,住在平谷的还有画家于水,于水不但画好,文章也写得好,会调侃。

我现在也弄不明白,字典就是字典,又不是什么神秘兮兮的内部书,有一阵子,在我们那个小城,想买到一本字典就是很难,屁大点事,得到书店里去找人,找人也未必买得上。所以,有人抄字典。不但抄,有人还背,拿一本字典在那里背。你问他某某字某某字在第几页每几行,他居然能说出来。我的这位朋友是个诗人,姓贺,当时我真是对他佩服得了不得。我们那时候几乎是天天早上都要在公园碰面,夜里刚刚下过小雨,早上的太阳出来了,到处亮晶晶的,到处湿漉漉的,有鸟叫,叫声细细的,是候鸟,一跳,又一跳,终于让人看到它了,你盯着它看,它也盯着你看,但它一般不愿意让你多看,一下子,树枝一颤,它已经飞走了。这样的早晨无端端地让人想起俄罗斯文学,让人想到温情脉脉的屠格涅夫,想到契诃夫的《樱桃园》,那时候我们都很喜欢俄罗斯文学,也很自恋,因为读书而觉得自己与众不同,那是个因为结婚都会让人觉得有几分骄傲的年代。现在想想,当然很好笑。那简直是自恋,怎么说都有那么一点,还有那么点害羞。早上在公园读书,晚上在公园里游泳,我爱贴着岸边慢慢游,一直游到树的下边,那棵树很大,把树枝垂到水面上来。

我至今都不会查四角号码字典,我的兄长送我一本四角号码,一直都在那里放着。我没学过古汉语的那种反切,我学的是拼音,我查字典,一般都是用拼音。但我的发音又不大好,查字典的好处就是可以把你的发音改一下。所以,没事的时候我会翻翻字典,比如着急去厕所,而手头又找不到合适的书,我就会随手把字典带到卫生间去乱翻,后来养成了习惯,我现在的卫生间里就有一本字典,我的许多字就是在卫生间里记下的。有时候会被某个字吓一跳,这某个字已经念了相当长时间了,想不到居然是念错了,当时就会羞得脸红起来,好像有许多双眼睛在看着你,而且还会在心里骂，骂怎么就没人提醒或纠正我。当年教夜大，有一次喝了酒，喝得太多了，去了，打开教案，面对着白纸黑字，但就是不知道要讲什么，那真是一次每每想起都让人脸红的事，我对下边的同学们说："咱们写作文吧。"下边的同学也看出我是有那么一点了，我在黑板上写出了作文的题目《论廉政》，却把中间那个字写成"兼"了。当即有同学举手指正了我，但因为酒的缘故，我站在那里，一时就想不起那个"廉"字了。那真是太丢人了，这件事可能像阴影一样会随我一辈子。

我像许多人一样，虽写文章多年，对汉字常常是以为是这样念，但有时候恰恰不是这样念。所以我后来竟然爱上了字典。世上读字典的人肯定不会多，像王福那样把一整本字典都要抄完的人也不会多，但我以为得空读读字典是件好事。我翻字典，特别喜欢看那些属"会意"的字，古人造字也真是不能不让人琢磨，两个"男"字中间夹一个"女"字居然就是我们那地方经常念的niǎo字，是好的意思，也可以解释为妙。这个字很古老，古典文献中能够常常见到。古代汉语在我生活的那个小城常常被人们挂在嘴上，但发音却有大的变化，比如"受用"，现在的发音是"受音"，"好活"是"豪华"。"欢乐"是"花楼"，一时让人弄不清现在的发音是古音呢还是古音已经产生了变化。

有一阵子，我劝我的女儿多看看字典。我女儿觉得这种建议很奇怪："谁没事看字典？"这话我说多了，女儿笑着还我一句："您神经病。"

神经病有时候是一种时代病，但我还是怀念那样的早晨，下过雨,鸟叫着,公园的树下,有人在读英语,有人在背字典,翻一下,背一下,第几页,第几行,对不对,不对再背。是勤苦好学,也是自得其乐。那个时期,我们没有太多的读物,字典也算是读物之一,而且字典确确实实是最好的读物。

夏日的蝉

我一直以为,如果听不到蝉叫,整个夏天就算是白过。

在夏天,起码有两种鸣虫,是越热越叫,一是俗名"叫哥哥"的蝈蝈,另一种就是蝉。蝉是集体大合唱,一旦唱起来就不停不歇,而蝈蝈却是叫叫停停,像是知道休养生息。蝉的叫声里像是有金属的味道,只要你闭上眼睛仔细听,像是有千百只手在那里抖动碎铁片。如和蝉相比,蝈蝈的叫声就"浑"了许多,若说"浑厚"倒又不对了,只是一个字——"浑"。一过立秋,蝈蝈的叫声就变了,不再兴致勃勃,而是疲惫下来,像是累了,再接下来,节令一入"白露",如它还活着,叫声却更加不堪,沙沙沙沙、沙沙沙沙,是有气而无力。各种的蝈蝈里边,我比较喜欢绿蝈蝈,好看,迎着太阳,几乎是半透明。铁蝈蝈颜色差一些,但叫声却颇高昂,像是京剧中的铜锤花脸,它要开唱,哪怕是一大片的蝉鸣也盖它不住。我家于冬日曾养过两只蝈蝈,放在离暖气近的地方,每每半夜就毫不客气地叫起来。那天在院子里碰到住隔壁的邻居，这位七老八十的邻居问我："你们家怎么半夜还在拉锯？"我忍不住就笑，那两只蝈蝈同时叫起来，一来一去，在隔壁听，可不像是木匠在拉锯。

山西的北部蝉很少，山里的小绿蝉比大马蜂大不了多少，叫声尖厉而短暂，"吱——"的一声，已经不知到了哪里，又"吱——"的一声，也许是从别的地方又飞了过来。这种蝉只山里有，城里就见不到。小时候偶尔在山上捉到一只，把它养在一只玻璃瓶里，却没听它叫过，第二天再看，早已死掉。蝉可以吃，据说用火烧了，味道和花猪肉相去不远。北京王府井小吃有卖油炸蝉的，那蝉个头儿很大，像我这样大的手，也只放得下三四只，真是够大。

古人对蝉是满怀敬意，古玩儿店里有卖玉蝉的，大一点的是含蝉，人死后把它含在嘴里，希望自己重生，小的玉蝉是佩蝉，作为一种装饰。乡下老头的烟锅子上有时候亦会出现一个两个，也许是锄地得的，也许是家里传下来的。蝉在中国，有几分像屎壳郎在埃及，地位相当高。

中药里有一味药是"蝉蜕"，赭黄的，空空的那么一个壳儿，治什么病？不知道。得病而不吃中药已经有好多年了。但有时候还是喜欢去中药铺看看，中药的药名挺好玩，有些像是人名：王不留行，刘寄奴。

河北一带的儿童游戏粘知了，先找一根老长的树杈子，然后再找蜘蛛网，把蜘蛛网一拧两拧拧到树杈子上，这也是个技术活，不能把蜘蛛网弄一团糟，然后再循着蝉的叫声去找，把树杈子慢慢慢慢伸过去,"吱"的一声,那只蝉,还没等起飞就已被迫降,早粘在蛛网上了。这样的蝉七个八个地给粘回去,八九不离十是给他们的家大人用油炸了下酒。

我问北京王府井卖小吃的,这么多的蝉一只一只地捉,要捉到什么时候?

"养的。"卖油炸蝉的小贩说。

但怎么养?他却说不来。

回去翻翻《中国鸣虫大全》,上边也没有,可见这个大全并不全。关于蝉的叫,古人曾以四字形容,"蝉鸣如雨"。闭上眼听听,还真像,而且是暴雨。

庙宇与学校

那一年,朋友黄海陪我去扶风县,去扶风县做什么?自然是去看法门寺,看完了里边的出土文物,最重要的出土文物当然是那一整套的皇家鎏金茶具,而那么多的文物之中我却偏偏对武则天的那一腰盘金小红袄感兴趣,心里念念的都是它,想一想当年武则天穿它的样子,就那小袄的尺寸,我想武则天的个子不会很高。从法门寺里一出来,一个僧人迎面而来,做一个揖,开口便对我说韵语:"祝施主'印堂发红,拜佛成功'。"我听了便来气,偏不买账,转身就走,他堵过来,我又转身往另一边走,他跟在后边直至我发狠问他:"印堂发红和佛有什么关系!"中国的庙宇,现在又多了起来,而大多是新庙或是仿旧,所以我不爱去,见了庙就绕了走。我小时曾在一个庙里住过,刚刚学走路的那年,那庙便是大同的七佛寺,庙里的住持当时是姑子,和一般的家庭妇女没什么两样,挑豆芽,洗菜,劈柴生火做饭,都一样。解放后,中国的庙宇都被派上了新用场,那就是能做学校的都做了学校。而且多是小学校,寺院的大殿太大，无法让学生们在里边上课，便一般都被做了礼堂。太大的庙宇，比如大同的华严寺，那个高台之上的大殿是国内现存最大单体殿，着实是太大，据说国内一共有两座，另一座在辽宁省。这样的大殿是无法利用，便保存下来。并不是法外开恩特许它存在，而是要拆它需要更多的人力，当年花这种银子是浪费。所以，被留了下来，时至今天，却是一个大得了不得的国宝。而它周围的僧舍却照例被做了学校。华严寺北边一带的小学校的课堂当年都是僧舍。华严寺在香火最盛的时候据说同时能住下四五千和尚。有一年，我从学校的教室窗子跳到华严寺里想去看看，却被厉声喝住，那时的庙宇是文管所的所在，院子里，立着一些不知从什么地方移来的佛像，大多没了首级，中国的佛造像，"文化大革命"之后大多被斩了首级，令人着实伤感。这些没头没脑或者连脚都没有的佛像立在那里，让人一时百感丛生。

那年我在乡下挂职体验生活，照例是打牌喝酒，不过打牌喝酒也是生活，但多少有些无聊。那次去北宋庄，却发现了那个小庙的壁画。这其实是个"百事通"性质的小庙，信道的可以去，信佛的可以去，求子的可以去，祈雨的照样也可以去，一个小小的村庄，有这样一个"百事通"小庙着实是方便。而现在却没用，中国各地的庙现在都无一例外碰到了一个人们什么都不相信的时代，既不信神，亦不信鬼，马克思为何物？许多人都已不大知道。什么都不信，所以什么都不怕，地沟里边的油弄出来给别人吃就不信地沟其实是离地狱最近的地方。我去的那个小庙，壁画画得着实好，让我这个从小画画的人看了吃惊，想不到却做了乡下人的仓库和马圈。

经打听，也曾做过一阵子学校，只是太小，便在里边圈了牲口。

中国的庙宇，从南到北，二十世纪过到一半儿，几乎都做了学校，亦算是一种好的想法。我小时候，上子弟小学，一时没有校舍，让我们两个班的学生同时在一个大礼堂的舞台上上课，这一个班上算术的时候我们在上语文，我们这个班上算术的时候他们仍在上算术，居然没弄混。有一次课间无聊，学生们把舞台后边的仓库弄开，演戏用的刀枪剑戟一时派上了用场。好在我们那个礼堂不是佛殿。听我的朋友说，他们的课间无聊却是去学念经，或对着看门老头念那个时代的童谣或者可以说是顺口溜：和尚和尚给头蒜，和尚吃斋不要蒜，和尚和尚给根葱，和尚吃斋不要葱，阿弥陀佛好东西！那时候在学校看大门的老人，大多是出家而又不得不还俗的和尚。

民歌

过去在乡下演出，化好装，简单地吃几口垫一下肚子，接下来就要走一走台，是各走各的，都要走一走，是要知道台子的大小，心里有分寸，到时候不会一步迈错。乡下的草台班子戏与芭蕾舞不同，比较随便，可以临时改动，台子大了有台子大的方法，台子小了有台子小的方法，出台前和乐队打个招呼就可以。如是小台子，我就想不来芭蕾舞临时怎么改？但小戏就可以，原是可以伸缩的。台子大了，走两个过门，台子小了，是一个，或更小，就换一种方式。我直到现在都认为，东北的"二人转"和北方的"二人台"都是民歌。只不过这民歌有了叙事的成分，有了人物的穿插，拉长了，但还是民歌。说实话，我是喜欢民歌的，民歌是植物的气息，唱的虽都是人心人性人情，却干净，让人觉得人的欲望性爱原来会这样明白爽利。山西作协有所谓的会歌，现在喜欢唱这个歌的朋友们都渐渐英雄老去，也没那种酒后豪情的场面了。这首歌只唱一个小女子下河去洗衣裳，被小伙子看到，一对一地唱。在山西，把心里爱怜的人叫"小亲亲",再进一步,叫"亲圪蛋",这歌一开口就是"亲圪蛋下河洗衣裳,双圪膝跪在那石头上,呀,小亲圪蛋……"是怜爱。下一句是"小手手红来,小手手白,搓一搓衣裳把小辫甩,呀,小亲圪蛋",又是怜爱。"小亲亲呀,小爱爱,你把那好脸掉过来,呀,小亲圪蛋。"最后一句是大胆勇敢而肯定,是小女子的唱:"你说掉过就掉过,好脸要嫁好小伙,呀,小亲圪蛋。"在山西,民歌多如牛毛。而最短的一首却恰恰像是远古的民谣,是奇短,不能再短,虽然短,却发人想象:"哥拉你的手,哥亲你的口,拉手手,亲口口,哥领你往旮旯里走。"相信这是世界上最短的民歌,但意韵却不短,这民歌干净透亮,是"思无邪",虽然我们可以想象他们可能去做什么去了,但仍然是三个字"思无邪",民歌就是这样坦率明白,白石上边流清泉。

"二人转"也是民歌,但现在的"二人转"却是互相谩骂和嘲笑,我不喜欢,虽然我是东北人。但"二人转"也有好的歌让人听,比如《丢戒指》,就真是好,亦是干净爽利坦率明白。我要我的母亲给我唱这支民歌,我的母亲离开东北许多年,但一唱这支歌便是满宫满调的乡音。从我记事起,我的母亲衣着十分朴素,街道开会贴裁成长条的那种红红绿绿的标语,防空往玻璃上贴十字交叉的纸条她都会去。但"文化大革命"一开始,我吃了一惊,那时候我还小,母亲的照片,一张一张真是时髦,但那是过去的时髦,让人想到上海二十世纪三十年代的月份牌儿,都被取出来给放灶里烧了,还有母亲的"玻璃丝长筒手套""细皮子绊扣高跟鞋",还有别的,都被烧的烧扔的扔,直到现在,我都不明白那个时代的人有着什么样的青春?我父亲的一张照片,我现在还记着,英俊,烫发,大眼睛,头发上还别着发卡,发卡上是一串英文。那是个什么样的时代?这种装束?让人有远若尘烟的猜测,却总还是猜测不明白。但那时候的民歌我们现在还能听到。民歌有一种力量,就是穿越时空。民歌其实是和我们的生活情感或者生命搅和在一起的。那一年,我第一次离家,是出外学习,长达半年之久,真是想家。记着是秋天,我沿着一道很高的红墙走,红墙边是正在落叶的梧桐,走过红墙,眼前忽然开阔,说开阔,是因为一切都在眼前了,是民居,两边都是民居。往左走,商店前边的空地上正在演出,挤挤挨挨地围着一圈人,是民间的演出,民间的锣鼓和民间的吹打。我的眼泪一下子就下来。那民歌的演唱,已经永远刻在了我的脑子里:

"正月里来正月正,正月里来挂红灯。

啊,红灯,啊,挂在,啊,那大门口。

单等我那哥哥,呀哥哥,呀哥哥,他上门来——"

这句子,也只有在民歌里听到,在昆曲里,是永远不会。

关于闲章

说到印章，每个人都有，没有印章的人很少，领工资、到邮局取包裹都离不开印章。我父亲的印章是小犀角章，那时候这种章料不那么稀罕，做犀角杯挖出的料不好再做别的，大多都做了这种小东西，剩下什么都不能做的边角碎料就都进了中药铺。父亲的这枚小章放在一个手工做的小牛皮盒子里，这个盒子可以穿在裤带上，是随时随地都在身上，可见其重要。还有一种印章是做成戒指戴在手上，是更加安全。这都是名章。而说到闲章就未必人人都有，但书画家是必备，一方不够，两方、三方、五方、六方，齐白石的印章像是最多，所以往往在画上题"三百石印富翁"，但此翁的闲章何止三百，不过他常用的也就那么几方，"寄萍堂""大匠之门""借山馆""以农器谱传子孙"，最后一方章最特殊，让人觉着亲切，是不忘本。白石老人的馆堂号从来都没用过"斋"字，至今尚无人考证为什么。

三十年前，我热衷于刻章，先是用那种红砖，用锯条锯成一方一方，弄得家里到处砖粉飞扬，后来我无师自通地先用水把砖泡过，再锯，这一下好了。那时候刻章是从汉印开始，我至今不大喜欢铁线，总觉得其纤弱，也不耐烦，我喜欢白文，见刀见力的那种。什么样的画用什么样的章，首先气韵要合。白石的章和他的画就十分合，是浑浑然一体，朱新建的章也如此，他用别人的章还真不行。傅抱石也治印，却不怎么出色，他曾给毛泽东治一印，现在还在南京美术馆里放着，章料的尺寸不能说小，是平稳，但不精彩。前不久在日照办画展，看到老树的章，画上错错落落盖了许多枚，横平竖直的宋体或楷体，居然也很好，让他的画更加书卷气。胡石的章和胡石的画和字也很合，是打成一片。

　　我没刻过玉料，竹根也没刻过，要刻章，就只买最便宜的寿山普通料，当年去潘家园，一买一大堆，四五十方，或一两百方，用一个兜子拎回来乱刻。刻章太让人入迷，方寸之间变化万千，磨了刻，刻了磨，磨了再刻，一天的时间就过去了。我后来不再刻章是因为它太让我入迷，几乎和打麻将一样，都耽误事。所以至今也没有成绩给刻出来。以前刻的章，我自己的，有几方现在还用着。现在经常还用的闲章多为李渊涛所刻。有一次吃饭，渊涛和我打赌，说只要吃四十个饺子，我就可以在他的章里挑十方。那时候我也年轻气盛，想还不就是多吃几个饺子？结果我赢了，但也撑得够呛。那十方章，我拿回来，能派用场都派用场，也热闹，其中有一方"戏为幽兰"却偏要盖在梅花上。文不对题有文不对题的好。

　　我没刻过陶印，那次为李云雷和徐则臣每人刻了一方，陶印的缺点是质地太酥，一下刀就掉渣，我刻印还不喜欢用太锋利的刀，星牌宣纸。麻纸呢，现在也很少见了，即使有卖，也单薄不受笔。麻纸的原材料其实不少见，曾去乡下纸坊看做纸，一捆一捆的麻秆儿先都沤在坊前的河里，要沤很长时间，然后才可以把皮剥下来做纸。老麻纸的质量不是现在的麻纸可比，画家粥庵喜用老麻纸，曾四处托人寻找，巴掌大也是宝，但收效甚微。好的老麻纸闭上眼用手摸，细润而有筋络。

小时候曾用父亲的绘图纸作画，先把很厚的绘图纸用水润一遍，然后再画。那时候有宣纸也不给你用。我一生气，把父亲的维纳斯牌绘图铅笔拿来送人，据说这种牌子的绘图铅笔解放前要两块大洋一支。

我曾请朋友治一朱文小圆印，印文二字为"纸奴"。

若再刻，不妨再加二字：乐为纸奴。

以不太锋利的刀刻陶印，一下刀就两边掉渣，那两方印没刻好。钝刀治印别有一趣，但对陶印就黔驴技穷。

我为老作家李国涛刻一方细线白文"枉抛心力做诗人"，布局不好，但线条的力度和弹性还说得过去。当下国内朋友里专刻铁线的，我以为要数谁堂。

民国的哪位画家，记不清了，最是大度有趣，老来盲一目，他给自己刻一闲章，只四字：一目了然。我喜欢这样的人。再说一句和刻章无关的话，那就是《上海文学》的主编周介人先生，已故去多年，因为脱发，他戴一个发套，那天吃饭，天热，他忽然抬起手来把假发套一摘，往旁边一放，说："妈的，太热了。"这便是潇洒，是可爱。我看画，最怕看到"细雨杏花江南"这样的闲章，像是有意思，其实是没一点点意思，朱新建的闲章"快活林"有多好，人活着，就是为了快活。但又像是，朱新建只是说过，但他没这方闲章，那么，得空我要给自己刻一方"快活林"——为了快乐。

启老一瞥

我与启功先生不太熟,见过几次面,都是在会上,说过几句话,也都是在会上。我常用的一支笔,是莱州羊毫,很好使,上边刻着"启老教正",因为好使,我就一直用一直用,快用败的时候才忽然觉得宝贵,应该留起来。这笔是启老送冯其庸先生的,冯先生再送我。此笔想必是笔庄给启先生定做的,也许是几十支,或几百支,但上千支就不大可能。

那次开会,不少人都来了,忽然有人告诉我那个小个儿老太太是王海蓉,我看了一眼,又看一眼,再看,怎么看也和当年纪录片里经常出现在毛泽东先生身边的那个王海蓉对不上。也就是这个时候启功老先生进来了,走得很慢,手里有拐,却不拄,在胳膊上挂着,启先生那天是西服领带,他一出现,怎么说呢,感觉像是周围忽然一亮。

启先生的长相是女相,像老太太,下嘴唇朝前兜着那么一点儿,用我母亲的话是"兜齿儿"。那天是说《红楼梦》的事。《红楼梦》其实已经给说滥了,但再滥也不妨再说。启先生就坐在我对面,他在场,是一定要说话的,启先生是谦虚,一再地说自己不懂《红楼梦》,又说自己其实也没好好儿读过几回。这就是自谦。老先生那天也算是捧场,捧冯先生的场,所以也不说学术上的事,说到当下的红学研究虽有所指涉,但亦是和和气气。轮到别人发言,启先生是认真听,虽认真却耳朵有些背,所以时时会把一只手放在耳朵边使劲儿听,而更多的时候是抬起两只手来,时时准备着对方发言完毕而鼓掌。有几次,发言者,记不起是什么人了,发言稍做停顿,启先生便鼓起掌来,鼓两下,发现不对,便马上停下,周围已是一片的笑声。发言的也莞尔一笑,当然是再继续说他的,又,停顿了一下,启先生就又鼓起掌来,人们就又笑。这真是个可爱的老头儿。别人笑,他也跟上笑,看看左边,再看看右边,笑,下嘴唇朝前兜一下,对旁边的人说:"耳朵,不行了。"说完又笑。这一次,发言的那位是真结束了,启先生马上又鼓起掌来,笑,下嘴唇朝前兜着那么一点儿。

  我个人,是不大喜欢启先生的字,在北师大学生食堂吃饭,却就是为了看启先生的字。那时候我经常住"兰蕙公寓",而吃饭却要步行去"实验食堂",酒是北京二锅头,早买好的,提着,那种绿瓶子高度的。进了食堂就找可以看到启先生字的座儿,找好座,坐下,点一个"烧二冬",再点一个"苦瓜镶肉",再来一碗米饭,如有朋友就再加一个"火爆腰花"或"熘肝尖儿",一边吃一边看墙上启先生的字,是以启先生的字下酒。当时的"实验食堂"里挂着好几幅启先生的字,都是竖条六尺对开,都装在框子里,框子上加了锁，死死锁定在墙上。我对朋友开玩笑说："你他妈什么时候去配把钥匙？"朋友说："启老的字一幅还不换辆小汽车！"但后来再去，启先生的字不见了，再往后，我也不再去吃"烧二冬"和"苦瓜镶肉"，又热衷于打车去华威北路吃陕西的浆水面，那边离潘家园近，一碗浆水面加一个肉夹馍。如碰上堵车，打出租的钱是饭钱的十倍还多。

启先生说话慢，是一板一眼，到老，更慢。

本色

　　白石老人是本色的，诗书画印，再加上坊间有关他的种种传奇，综合在一处，老人一辈子的行止都是那样本色，手里的朱漆杖，胸前的小青玉葫芦，头上的黑色小额帽，还有老人身上穿的那袭褪了色的长衫，或在炎夏，老人穿了白布短裤褂子坐在那里，脚下是趿鞋，手里是用旧布缘了边的芭蕉扇，简直是没一点点大师色彩，而大师就在这里！相对，与他同时代的许多艺术家或西装革履出洋，或穿长衫周游世界，其风采，终不如老人来得好看，这好看就是本色。

　　画家朱丹曾回忆他们一行去跨车胡同请白石老人画鸽子以响应保卫世界和平，老人坐在那里，静静地听客人讲话，他的身后案上那两盆天竺葵开得正好，一盆是正红，一盆是淡粉，案子上的那两只帽筒，照例是一只里边插着鸡毛掸子，一只里边放着一卷裁好的宣纸，老人忽然竖起一个手指头问："为什么要我画鸽子？"不等别人回答，老人马上接着就笑起来，说："鸽子不打架。"这非但是童心，亦是本色。

白石老人其实不是一个人，而是一个博大而瑰丽的世界，在老人的世界里，花鸟草虫，山水亭林，人物佛道，诗歌篆刻，样样都有他自己的主张在里边。新时期朦胧诗初泛的时候居然有人抄袭老人的诗作投稿发表，还刊于《诗刊》，这首诗最后的两句是："莫愁忘归路，且有牛蹄迹。"诗写得真是恬淡天真。老人曾画过一张《牧牛图》，上边题曰："祖母闻铃心始欢，也曾总角牧牛还，儿孙照样耕春雨，老对犁锄汗满颜。"其实老人不必汗满颜，直到老，老人一直都在勤苦耕种，只不过是田头锄头换了案头和笔头。用力和情感都一样在春雨秋风间。

有人说白石老人的画是"简括有力"，老人的画可也真是简括有力，人物，只几笔，山水，也只几笔，花卉，有时候也只是几笔。看老人的梅花，满纸大黑大红，一笔下去，又一笔下去，枝干交接处用多大的力，仔细看，一笔笔都是篆隶！用现在的话说是十分肯"给力"。老人的大幅荷花，离近了看是十分纷乱，离远了看可真是好。说白石老人"简括有力"，其实是只说对了一面，白石老人的另一面是"传神入微"，其工虫之细致工妙，至今无人能出其右。论书法，论篆刻，论山水，论人物，论花鸟，论工虫，老人都下笔有绝到处。但要说最好，当数老人花鸟工虫的兼工带写，这样的画法，前人有，但白石老人是个高峰，以工虫之工，对花草之写意，工者越显其工，写意越显其写意之意趣。工笔与写意向来是很难放在一起表现，而到了老人这里一切都如行云流水，白石老人是前超古人，后无来者——直到现在，无人能出老人其右——白石老人的兼工带写。

现代老画师，能诗者不多，白石老人的诗气格最好，黄宾虹先生的诗亦好，如再加上已在梅丘下安眠的长髯翁张大千。三家的诗轮番读来，还要数白石老人的诗来得清新本色。白石老人到老都在本色着，是农民加工匠的本色，他亦好像喜欢自己这样的身份，身居京华，他怀念过往"耕春雨"的日子。老人或也有轻狂之时，比如反穿了皮袄手里拿了把扇子拍照，是白石老人的另一面，我们很难知道他当时心里想什么，但分明他的心里不那么快乐。

白石老人是本色的，这本色既来自民间，又来自传统，把老人笔下的猫和徐氏悲鸿笔下的猫放在一起对比着看，怕是老人的猫更有看头。白石老人的人物向来简单，但好，老人画《别人骂我，我也骂别人》，老人画《老当益壮》，老人画《读道经》，都好！后来画人物者多矣，如把他们的画和白石老人的画放在一起，还是白石老人笔下的人物能于百步外夺人魂魄。

白石老人的本色，是从人到画，再从画到人。白石老人没有上过美院，但他永远是美院的圭臬，白石老人的一生，艰苦而辉煌。

图书在版编目（CIP）数据

衣食亦有禅 / 王祥夫 著. —重庆：重庆出版社，2013.6
（生活禅）

ISBN 978-7-229-06677-2

Ⅰ.①衣… Ⅱ.①王… Ⅲ.①散文集—中国—当代
Ⅳ.①I267

中国版本图书馆CIP数据核字（2013）第127507号

衣食亦有禅
YISHIYIYOUCHAN

王祥夫　著

出 版 人：罗小卫
策　　划：华章同人
出版监制：陈建军
责任编辑：张好好　黄卫平
特约编辑：张　翼
责任印制：杨　宁
营销编辑：高　帆　刘　菲
封面设计：主语设计

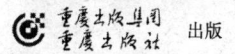

重庆出版集团
重庆出版社　出版
（重庆长江二路205号）
投稿邮箱：bjhztr@vip.163.com
三河市宏达印刷有限公司　印刷
重庆出版集团图书发行有限公司　发行
邮购电话：010-85869375/76/77转810
重庆出版社天猫旗舰店
cqcbs.tmall.com
全国新华书店经销

开本：880mm×1230mm　1/32　印张：8.125　字数：135千
2013年8月第1版　2013年8月第1次印刷
定价：32.00元

如有印装质量问题，请致电023-68706683

版权所有，侵权必究